実践！すぐに詠める

俳句入門

石 寒太

はじめに——

まずは始めてみよう！

俳句に興味はあるけれど、今まで一度も作ったことはない。でも、作ってみようかな？　そういう人は、まだまだたくさんいると思います。

そんな人が、いざ俳句を志したとしても、なかなか手っ取り早くすぐに読める本は、実はありそうでないものです。

初めての人が、ゼロから出発するために、この本を書き下ろしました。どこから手をつけたらいいか、何をどう用意したらいいのか。そういうことを懇切丁寧に、優しく根気よく、一から説明しています。

俳句は難しい、自分にはとうてい無理だ。そう思ってあきらめていた人も、きっとこの本を読み始めたら、よし、作ってみよう――、そう思ってくれると確信しています。

今、テレビでおなじみの夏井いつき先生に対談していただき、夏井先生も、初心者のあなたをさらに分かりやすく導いてくださいました。

さあ、俳句作りを始めてみてください。あなたも今日から、立派な俳人です。

石寒太

目次

——実践！　すぐに詠める　俳句入門——

※本書に掲載した俳句は原則として原句を採用していますが、初心者向けという本書の特質を鑑みて、現代仮名遣いにしている場合があります。
※本書掲載の俳句は、読み手に自由に解釈していただくため読み仮名を振っていません。
※季語の読み方が複数ある場合は併記しました。

句作に欠かせない虎の巻

歳時記で季語を知る

季語を分類、解説した基本の書 そばに置いて俳句作りに上手に活用！

俳句初心者にとって、やっかいなのが季語の把握です。どんな言葉がどの季節の季語にあたるのか、言葉の大海原を前にして立ちすくむことなく適切な季語を指し示してくれるのが、季語の辞典・歳時記です。

歳時記には春夏秋冬、新年の五つの季節と、時候や暮らし、行事、動物、植物などによって分類された季語とその意味、例句が挙げられています。季語が分からない場合は、表現したい季節や事柄の項を開いて、句に合う季語を見つけることができます。また、句を五七五に収めるために、「鮎」→「香魚」など、言い換え可能な同じ意味を持つ別の季語を知ることもできます。

歳時記をそばに置き、常に親しむことで季語の語彙を増やせば、俳句作りの楽しさも一層広がります。

オールカラー
よくわかる俳句歳時記
石寒太 編
ナツメ社

伝統的な季語と現代の生活に密着した新しい季語を計2801語収載。詳細な解説と句作のためのヒントも充実し、カラー写真も豊富で、初心者から愛好者まで便利に使える。

初心者は季語と例句の他、解説が丁寧なことも歳時記選びのポイント。

初心者は基本季語を網羅するタイプを文庫や新書サイズは吟行にぴったり

歳時記には一般的に、全ての季節の季語をまとめた合本タイプと五つの季節ごとに分けた分冊タイプがあります。また、形態も百科事典ほどある大型本から吟行する際に携帯しやすい新書や文庫本サイズのもの、内容も季語の詳しい解説が掲載されているものから解説がほとんどない「季寄せ」というタイプのものまでさまざま。他にもテーマ別の歳時記や、最近ではスマホやタブレットで見ることのできる電子書籍版の歳時記もあります。

初心者はまず、よく使われる基本の季語を一通り網羅でき、解説も豊富な合本タイプを手に入れておくのがお勧め。さらに吟行や句会などシチュエーションに合わせて、自分が使いやすい歳時記を揃えるといいでしょう。

ケータイ歳時記

石 寒太 監修
紅書房

多色刷りで見やすく引きやすい、コンパクトな文庫本サイズの歳時記。各季節の代表的な季語を収載し、著名俳人の現代感覚に優れた句を例句に採用している。

今はじめる人のための
俳句歳時記　新版

角川書店 編
角川ソフィア文庫

基本の季語を約1000語収載した初心者向け文庫版歳時記。各季語につき名句を3句以上例句として掲載し、実作に役立つ。句会のノウハウ、Q&Aやクイズなどの付録も楽しい。

俳句歳時記 第五版 春
俳句歳時記 第五版 夏
俳句歳時記 第五版 秋
俳句歳時記 第五版 冬
俳句歳時記 第五版 新年

角川書店 編　角川ソフィア文庫

5つの季節ごとに分かれた分冊タイプの文庫版歳時記。伝統的な季語から近年の新しい季語まで収載する。季語解説も簡潔明瞭で例句も豊富に掲載し、初心者でも使いやすい。

寒太先生と行く「二人吟行」―秋の鎌倉―

鶴岡八幡宮

まずは、鎌倉の超定番スポット、鶴岡八幡宮へ。天気も良く、絶好の"吟行日和"。

鶴岡八幡宮を目指して段葛（だんかづら）を歩きながら、寒太先生から吟行には何が大切かを聞く。

吟行

【和歌・俳句などを作るために、景色のよい所や名所・旧跡に出かけて行くこと。】三省堂『大辞林』（第三版）

俳句作りに少し慣れてきたら、参加してみたいのが「吟行」。俳句初心者にとっては、机の前で一人、歳時記と格闘しているよりも、俳句の素材を求めてお気に入りの場所を散策する方が、イメージも湧きやすいというもの。今回は、寒太先生と編集部が秋の鎌倉をぶら～り吟行に行ってきました。

どんな句ができたかは、106ページからの『「二人吟行」顛末記』をご覧ください。お楽しみに。

「この花は何か分かる？」境内を歩きながら俳句の題材になりそうなものをさりげなく教えてくれる先生。

荏柄天神社

続いて、鎌倉幕府開府前の1104年に創建された荏柄天神社へ。歴史ある古社の境内で浮かんだのはどんな句だろう。

境内の奥にある絵筆塚。多くの漫画家が描いた、河童（かっぱ）の絵が刻まれた絵筆塚も俳句の題材になりそう！

創建当初からこの地に立つ大イチョウ。荏柄天神にはこの他、100本を超える梅もありイメージをかき立てられる。

長谷寺

鎌倉屈指の名刹（めいさつ）の一つ長谷寺で、句帖を片手に浮かんだ言葉を書き留める編集部。

境内はアジサイをはじめ、四季折々の花が彩る。俳句の題材には欠かない美しい寺だ。

見事な回遊式庭園や、見晴台から眺める湘南（しょうなん）の海など、見どころの多い長谷寺。

吟行は作句に集中できるように歩きやすい服装で。

吟行を楽しむために

今回は秋の鎌倉を選びましたが、歩く場所は名所・旧跡に限りません。美術館や競馬場など、趣味に関係した場所でも、家の近くの商店街でもかまいません。その際、句を書き留める句帖や歳時記などが必需品です。また、思いついた句をすぐに書き留めることができるように、荷物は背負えるリュックサックなどが便利です。吟行後は、俳句を持ち寄って互いの句を批評し鑑賞し合う句会を開くのも楽しいもの。そのためにも吟行は、一人や二人で行くよりも大勢の仲間が集まって行くことをお勧めします。

寒太先生の句帖。歩きながら思いついた言葉や句を、忘れないうちにこまめに書き留めておくことが大事。

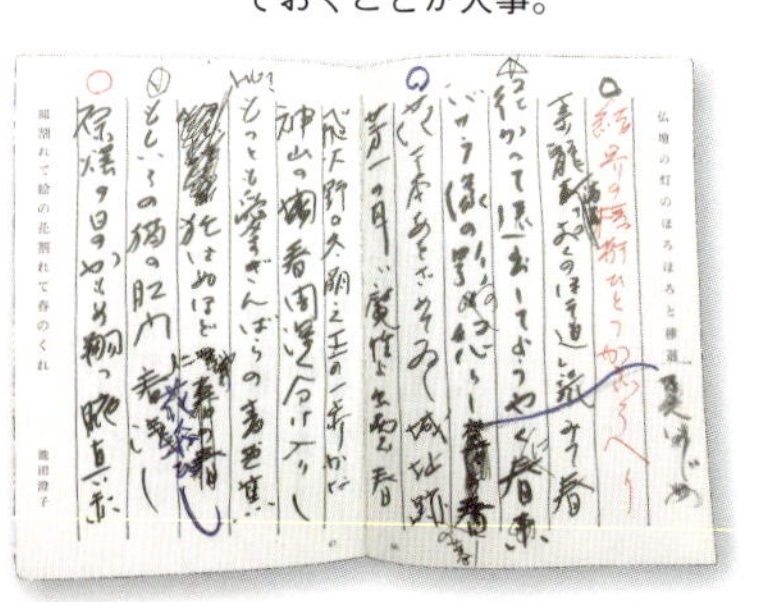

☞詳細は「二人吟行」顛末記（106ページ〜）でお楽しみください。

第一章

初心者に優しい！寒太先生の俳句教室

「俳句を詠んでみたいけど、初心者には難しそう……」
そう思っているあなたに、俳人の石 寒太先生が
俳句のイロハを分かりやすくレクチャー。
俳句初心者の編集部が生徒になって、
俳句の基本を優しく教わります。

一時間目

そもそも俳句って何!?

Q **五七五なら俳句なの?**

A 五七五に**季語(季感)があれば**俳句です

日本人の心のリズム

「五七五」に言葉を当てはめてみよう

編集部＝以下H　初めまして。超素人ですが、よろしくお願いします!

寒太先生＝以下K　初心者大歓迎ですよ。今の段階でHさんが俳句について知っていることは何ですか?

H　正直、「五七五で作る」ということくらいしか頭に浮かびません。

K　よく知っているじゃない。でも大事なことがもう一つあります。俳句に不可欠な季節を表す言葉、「季語」です。

H　季語……聞いたことはあります!

季感(きかん)　句に表れている季節の情感のこと。

K 俳句の約束事は、五七五の十七音に収めることと、季語を入れることの二つだけ！

H そ、そ、それだけでいいんですか⁉

K はい！ だから気を楽にして、言葉を五七五に当てはめてみましょう。まずは、この部屋を見渡して、五音に当てはまるものを挙げてください。

H うーん、うまい言葉が浮かびません……。

K 難しく考えないで。見たものを見たままに言葉にすればいいんです。

H 会議室、腕時計、ボールペン、新聞紙。五音ってけっこうありますね。

K でしょ？ それを**上五**（かみご）か**下五**（しもご）に置けばいいんです。じゃあ、新聞紙を**下五**に置いて、**中七**（なかしち）を考えましょう。どんな新聞紙か七音で言い表してみて。

H やけに分厚い。

K ほほう。

H 新年は広告がいっぱい入っていて、やけに分厚いなと思いました（汗）。

K いいですよ〜。ほら、できた！ これでもう、いいんです。

新年は（上五）**やけに分厚い**（中七）**新聞紙**（下五）

H え⁉ これでいいんですか⁉

「上五」「中七」「下五」
俳句は五七五の十七音でできているが、それぞれ上から「上五」「中七」「下五または座五（ざご）」と呼ぶ。

K　俳句を作ったことがないと難しく考えがちだけど、街の看板でもポスターの標語でも新聞の見出しでも、七五調はすごく多いんですよ。例えば、

この土手に登るべからず警視庁
また打った松井秀喜のホームラン

H　本当だ！

K　七五調は日本人の心のリズムみたいなものだから、そんなに難しく考えなくてもだいたい五七五の器(うつわ)にはまるんです。

H　でも、見たままを言葉にすると、つまらない俳句しかできないような。

K　大丈夫。作っているうちにだんだん、いったん見たものを頭で考えてから描写する「心の写生」ができるようになりますから。だから、最初は見たままでいいんですよ。

H　最初からうまく作ろうなんて、考えない方がいいんですね。

K　**松尾芭蕉**(まつおばしょう)は「俳諧(はいかい)（俳句）は三尺(さんせき)の童にさせよ」（**服部土芳**(はっとりとほう)『**三冊子**(さんぞうし)』）と言っています。三尺の童とはごく小さな子どものことね。いろいろな経験を積んで物事を知ってしまった大人より、何も分からない、純粋で無垢(むく)な子どもの方が俳句に合っている、という意味なんです。子どもは上手に作ろうなんて考えないでしょ。子どものような心で素直に作るこ

松尾芭蕉
江戸時代に活躍した俳人。代表作の『奥(おく)の細道(ほそみち)』は芭蕉が実際に旅をして、旅先の様子などを書いた紀行文で、訪れた場所で詠んだ名句がたくさん収められている。

服部土芳『三冊子』
芭蕉のふるさと伊賀の弟子・服部土芳が、先生である芭蕉の言葉を聞き書きした俳論書。

と。それが俳句では大事なことなんです。

思ったより新しい!? 明治時代にできた「俳句」

H 先生、そもそもの疑問ですが、なぜ、俳句って「五七五」なんですか？

K 五七五に七七を加えたものを短歌と言いますが、聞いたことありますか？

H 映画の『**ちはやふる**』で見た百人一首がそうだったような……。

K そう、**百人一首**も短歌。百人一首は一人一首詠んだものだけど、短歌にはその他に、初めの五七五に別の人が七七を付け、また別の人が五七五を付けて、大勢の人たちで五七五七七を鎖状(さじょう)につなげて一つの詩にする「連歌」（後に連句）という遊びがあって、**最初の句**となる「五七五」から**最後の句**となる「七七」まで、**百句を一作品**とする時代もありました。

H ひゃ、ひゃっく!?

K 内容よりも長さを競う時代があったんですね。でも、江戸時代前期に松尾(まつお)芭蕉(ばしょう)が三十六句で区切ることを提案し、その形が主流になった。

H 三十六でもまだ長いような……（苦笑）。

K そう、そこで登場するのが**正岡子規(まさおかしき)**。連歌のうち、滑稽(こっけい)を主としたものを「俳諧の連歌」、略して「俳諧」とし、俳諧三十六句のうちの一句目（発

ちはやふる
競技かるたを題材にした、末次由紀（すえつぐゆき）作のベストセラー少女漫画。広瀬すず主演で映画化もされた。

百人一首
飛鳥時代から鎌倉時代初期までの代表的な歌人・百人の和歌を、一人一首ずつ集めて作られた『秀歌撰（しゅうかせん）』のこと。

最初の句、最後の句
連歌の最初の句を「発句（ほっく）」、最後の句を「挙句（あげく）」という。挙句には締めくくるという意味があり、「挙句の果て」という言葉の語源となっている。

百句を一作品
百句から成る連歌を「百韻（ひゃくいん）」という。

句）の五七五だけを独立させて詠むようになった、それが今の俳句の始まりです。

H 滑稽というのは面白いっていう意味ですか？

K そのとおり！　貴族の文化だった雅びな連歌を、庶民も楽しめるように面白おかしく俗語にしたものが俳諧で、俳句はその最初の十七音が独立したものです。「俳句」という名称も明治時代に正岡子規が付けました。

H 俳句ってすごく昔からあるものと思っていたけど、意外と新しいんですね。

K せいぜい百年余りです。ところで、俳句と川柳の違いって分かりますか？

H え!?　川柳？　聞いたことあるけど……。

K 川柳も五七五で詠むものなんですよ。同じ形ですね。

H では、俳句と何が違うんですか？

K ズバリ、季語があるかないかです！　連歌の発句が独立したのが俳句だと言いましたよね。大勢で行う連句では、まず始めにみんなが共通のイメージを持てるよう、発句に季語を入れなければいけないというルールがあったんです。

H 連歌（連句）の時代のルールごと、俳句は独立したというわけですね。

K そうです。一方の川柳は連歌の第四句から第三十五句までの「付句」と呼ばれる無季の部分を独立させたもので、この部分では日常的な分かりや

正岡子規
明治時代の俳人・歌人。それまでの二人以上で詠む連句の発句（最初の五七五）を「俳句」として独立させた。脊椎カリエスのため三十四歳で夭折（ようせつ）したが、生涯を通して俳句革新に努めた。『歌よみに与ふる書』『墨汁一滴』『病床六尺（びょうしょうろくしゃく）』『仰臥漫録（ぎょうがまんろく）』など多くの著書、日記を残した。子規の命日の九月十九日を「子規忌（しきき）」「糸瓜忌（へちまき）」「獺祭忌（だっさいき）」と言う。

すい滑稽や、面白い出来事（人事や時事）を詠むことが重視されました。

H そうか。だから川柳には「サラリーマン川柳」や「シルバー川柳」、「女子会川柳」など、笑える作品がいっぱいあるんですね。

H 先生、そろそろ俳句を作りたくなってきたんですけど、題材はどうやって選べばいいんでしょう？ 上手な選び方ってあるんですか？

俳句のタネは日常の至るところに転がっている

K 歩いているときに見かけたもの、スーパーで買い物しながら気づいたこと、おいしかった食事、観劇やスポーツ鑑賞で感じたこと……、俳句の材料はどこにでも転がっていますよ。題材は何でもいいから、日常生活の中であなたが思ったこと、感じたそのままを詠めばいいんです。

H 感動したことを俳句にすればいい、ということですか？

K 確かにそう言われているけれど、毎日感動してたら体がもたないでしょ？ だから日記のように、日常の出来事をメモして、詠めばいいんです。

H なるほど！

K あとね、俳句は「挨拶」だって、よくいわれてるんですよ。

K 正岡子規が母親の言葉を聞いて詠んだこんな句があります。

毎年よ彼岸の入りに寒いのは

正岡子規

H 挨拶って、「おはようございます」とか「さようなら」のことですか？

K そうです。連歌の時代、発句には参加者への挨拶（呼びかけ）の意味がありました。その心を知っておくと俳句が作りやすくなりますよ。例えば、朝起きたら「おはようございます」、寒さが和らいだら「もうすぐ春が来ますね」と、誰かに挨拶するような気持ちで俳句にしてみるんです。

それからもう一つ、俳句には人だけでなく、風土（その土地）に対する挨拶があることも覚えておくといいですね。どこかに出かけたら、その場所や歴史に挨拶するつもりで、五七五にしてみるんです。

五月雨をあつめて早し最上川

松尾芭蕉

H この句は知ってます！

K 芭蕉が山形を訪ねた時、五月雨（梅雨のこと）であふれんばかりだった最上川を詠んだ句です。芭蕉が最上川に挨拶したんですね。

H 先生、どうしても、五七五からはみ出してしまうんですが……（涙）。上

毎年よ彼岸の入りに寒いのは
訪ねてきた母親に「今日はやけに冷え込むわね。そういえば彼岸の入りよ。毎年のことよね、お彼岸の入りに寒いのは」と言われた子規が、その言葉を聞いてすぐにそのまま作った句。

五が一文字多い、「六七五」じゃダメですか？

自由律はまだ早い 初心者はまず定型から

K 一生懸命作ろうとすればするほど、初心者は「六七五」のように**字が余ってしまったり**、「四七五」のようにうっかり**字が足りなくなってしまう**んですよね。よくあることです。

H へへへ。

K 五七五という定型にとらわれない**自由律俳句**というのがあって、名句もいっぱい生まれているんだけど、これはこれで上手に作るのは難しい世界ですからね。やはり初心者は、まず、五七五という器に収まるように作った方がいいですね。

H 分かりました。

K そうは言っても、五七五という十七音の型に無理に心を閉じ込めようとしてはダメですよ。

H む、難しい……。五七五に収めなきゃと考えると、どうしても肩に力が入るというか、堅苦しくなってしまいます（苦笑）。

K じゃあ、うまい方法を教えますね。「スッキリ、ハッキリ、ドッキリ」。こ

字が余ってしまったり 字が足りなくなってしまう
字が余ることを「字余り」、字が足りなくなることを「字足らず」という。

自由律俳句
「五七五」の音にとらわれない俳句の手法。「自由律俳句の奔放さを楽しむ」（146ページ）参照。

れが俳句の極意です。

H 何ですか、それ⁉

K 最初に、五七五は日本人の心のリズムだと言いましたね。俳句は内容と同じくらいリズムで伝えることが大事なんです。

H ラップみたいなものでしょうか？

K 近いですね（笑）。**韻文と散文**って聞いたことがありますか？　俳句は韻文です。小説は散文ですが、韻文の「韻」はリズムという意味。だからまず、声に出して読んだとき、舌を噛むようにギクシャクしてしまう句ではダメ。上から下までスッキリと読み下せなければいけないんです。

H ハッキリとドッキリは？

K イメージがハッキリ湧いて、その世界観にドッキリする。そんな句がいいということです。ドッキリはなかなか難しいので、まずはスッキリ、ハッキリを心がけて、そのうち人の心を打つようなドッキリが入れられるようになれば、人を感動させられる俳句になりますよ。それから、芭蕉は俳句を作るためには「舌頭に千転せよ」と言っています。何回もくり返し声に出して読んで、吟味せよということです。

H 出来上がったら、実際に何度も声に出して読むことが大切なんですね。

韻文と散文
　韻文とは、配列や字数、音などに一定のルールがある文章のこと。散文とは、一定のルールが決まっていない文章のこと。

一時間目

まとめ

そもそも俳句って何!?

一、言葉を「五七五」に当てはめてみよう

一、子どものような素直な心で詠もう

一、日記のように、挨拶するように詠んでみよう

一、俳句の極意は「スッキリ、ハッキリ、ドッキリ」

一、何度も声に出して読んでみよう

二時間目 俳句のへそ「季語」を知ろう

Q　季語って何？

A　一言でいうと、**季節を表す言葉**です

季語はみんなが分かり合える共通のキーワード

K　さて、五七五のリズムが大事だということは分かりましたか？

H　はい！

K　二時間目は俳句のもう一つの約束事「季語」について学びましょう。

H　季語……、国語は苦手だったので、かなり不安です。

K　難しく考えることはないですよ。季語というのは字の通り、季節を表す言葉のこと。Hさんが知っている季語もたくさんありますよ。

H　少し気が楽になってきました（笑）。

K 季語にはどんなものがあるのかを学ぶ前に、まずは、俳句にとって季語がどうして重要なのか説明しますね。一時間目で、俳句は俳諧の発句が独立したものだと勉強しましたよね。

H はい！ 俳諧の発句では季語を入れるルールがあったんですよね。でも、なぜ俳句はそのルールを受け継いだまま独立したんでしょう。十七音しかないんだから、季語を入れなくてもよければ、もっと言いたいことが表現できるのに……。

K たった十七音しかないから、季語は重要なんですよ。

H え？ 意味が分かりません。

K 俳句は十七音から成り立っている、世界で一番短い詩です。こんな短い中で、読んだ人にこちらが言いたいことをすぐにイメージしてもらえるようにするには、みんなが分かり合える共通のキーワードが必要です。

H それが季語なんですか？

K そうです。私たちの住んでいる日本列島は、四季に富んだ美しい国ですよね。そこで昔から日本人は、移り変わる季節の巡りを大切にしながら毎日生活してきました。その日本の風土と生活の知恵の結晶が季語です。季語一つで、作者と俳句を読んだ人が同じ感覚を共有できる。季語は何百字にも変わる役目を果たしているんです。

H 分かったような、分からないような……、今ひとつです。

K ハハハ。じゃあ、例を挙げて説明しますね。例えば冬の季語の時雨。どんな雨だか分かりますか？

H ザーザー降りじゃない、小雨のイメージがあります。

K そうですね。時雨というのは、晩秋から冬にかけて降る冷たい雨のことで、梅雨時のようにいつまでもじとじと降るのではなく、サッと降ってサッとやむ雨のことです。時雨というたった三音で、読んだ人はそんな雨の景色、冷たい空気感、冬に向かう寂しさまでもイメージできます。

H なるほど。

K 例えば、松尾芭蕉にこんな句があります。

> **初しぐれ猿も小蓑をほしげなり**　松尾芭蕉

H 確かに時雨という言葉で、寒くて冷たい、寂しい感じがします。

K そうですよね。こんなふうに季語があれば、多くを語らなくても相手に気持ちを伝えることができます。だから季語は、俳句の中心の役割を果たす重要な言葉であり、「俳句のへそ」といわれているんですよ。

H 「俳句のへそ」！　俳句にとって季語って本当に重要なんですね。

初しぐれ猿も小蓑（こみの）をほしげなり
「伊賀へ向かう山道で、冬の到来を告げる初時雨（はつしぐれ）が降ってきた。冷たい時雨に濡れる猿も小さい蓑を欲しがっているように見えた」という意味。

俳句に欠かせない季語には どんなものがある？

K 季語が「俳句のへそ（中心）」であることが分かったところで、次に、どんな季語があるかを学びましょう。冬を表す季語にはどんなものがあるでしょう？

H 雪とか、師走とか、大晦日とか？

K そうですね。季語には師走や大晦日、立冬といった「時候」、雪や北風、時雨といった「天文」のほか、冬の山、霜柱などの「地理」、手袋、毛布などの「生活」、酉の市、クリスマスなどの「行事」、熊、冬眠、河豚などの「動物」、枯草、寒梅などの「植物」、蜜柑、おでんなどの「食べ物」など、さまざまなものがあるんですよ。

H そんなにあるんですか!?

K 同じような意味の季語でも、いろいろな言い回しや表現もありますからね。例えば十二月だったら、師走、極月、春待月とかね。

H 私、あまり言葉を知らないんですけど（汗）、どうやって季語を学べばいいでしょう？

K 季語を集めた「歳時記」がありますから、それを一冊手に入れましょう。

大きいサイズからポケットサイズまで、鳥や動物、花といった種類別や、珍しいものでは星の歳時記なんてものもあります。でも、初心者はまず持ち歩けるサイズで、シンプルなものを選んでください。

H 最初から欲張りすぎずに、まずは基礎からということですね。

K 季節ごとの歳時記もありますが、それだと季節の変わり目が分からないので、春夏秋冬と新年が一冊にまとまった合本（がっぽん）がお勧めです。

H それを見て、まず、使いたい季語を選ぶんですね？

K 最初はそれでもいいけれど、一つだけ注意してほしいことがあります。歳時記を見て自分の句に季語を使うとき、他の季語と入れ替えても成り立つような句ではなく、これだという季語を探しましょう。

H 冬を表す季語なら、どれでもいいというわけではないんですか？

K そうです。名句と評される俳句をよく読んでみると分かりますが、季語とその他の部分とは切り離せない、抜き差しならない強い関係を保っています。季語は単なる言葉ではなく、その句を支える句の「へそ」ですから、左の句のように「なるほど、この句にはこの季語がいいんだ」という使い方をしなければいけません。それが季語を生かすということです。

海に出て木枯帰るところなし

山口誓子（やまぐちせいし）

海に出て木枯（こがらし）帰るところなし

山口誓子（やまぐちせいし）の句。季語は「木枯」で初冬。山野を吹き抜けた木枯らしは、やがて陸から海の上を渡っていく。帰り着く場所のない木枯らしは哀れで、木枯らしが吹き渡っていった海も侘（わび）しいという意味。特攻隊を詠った句でもある。

新しい季語も、消えていく季語もある
季語は時代と共に変化する

H （歳時記をパラパラめくって）季語って本当にたくさんありますね。
K 季語は時代と共に増えていますからね。
H え？ 増えるとかアリですか？
K 時代にそぐわなければ消えていく季語だってありますよ。
H 季語は昔から、全く動かない決められているものだと思っていました。
K 季語は時代と共に変化しているんです。例えば、「炭（すみ）」。昔は暖房用として使われていたから冬の季語だったけど、今は少なくなっているでしょ。今、炭を使うなら、高級なうなぎ店や焼き鳥屋、それに消臭剤ですよね。
H 炭が冬をイメージする言葉じゃなくなってる！
K そうなんです。それからこんな例もあります。季節によって移動する「渡り鳥（わたどり）」は秋の季語とされているけれど、今は地球温暖化の影響で、渡る時期が変化したり、中には定住してしまった渡り鳥もいます。
H みんなが共通して感じる季節が、少なくなってしまったんですね。
K 現実とずれている季語は修正すべきという考えと、季語はルールだから変えてはいけないという考えがあって、歳時記は今、過渡期にあります。

H　へぇ〜。

K　地域によっても違いますしね。昔、京都を中心に季語が生まれました。次第に東京が中心になりましたが、今や全国で同じ季語を使うのは難しいんじゃないかという考えもあり、その地域でしか通じない季語も生まれています。例えば、北海道の「木の根開き」という季語。木の根元から雪が溶ける現象で、春の季語ですが、この言葉は雪国の人にしか分かりませんよね。

H　季語は時代と共に、本当に変わってきているんですね。

K　一方で、時代が変わっても動かない季語もありますよ。例えば、「大相撲」はいつの季語だと思いますか？

H　え？　本場所も巡業もあるし、一年中やっていますよね。

K　今はね。でも、もともとはその年の農作物の収穫を占う、祭りの儀式として行われてきた神事なので、秋の季語です。季語にはそんなふうに、もともとの出発点を大事にしているものも多いんです。食べ物も同じで、野菜も果物も魚も、今は一年中売られているものが多いけれど、旬の時期が季語になります。

H　わあ！　難しい（汗）。季語は自分が思っている季節と違うことが多そうだから、俳句に使うときは歳時記で確認した方がいいですね。ところで、新しい季語にはどんなものがあるんですか？

K 冬の「ボーナス」「鯛焼き」「焼き鳥」、春の「花粉症」。夏の季語だと「甲子園」なんてのもありますよ。

H なるほど〜！ それって、誰が決めるんですか？

K 僕の俳句の先生である**加藤楸邨**が詠んで定着した季語に「寒雷」があります。それまで冬の雷を表す季語は「冬雷」でしたが、楸邨はそれじゃ物足りない、もっと胸にドーンと響くような、寒中にとどろく雷を詠みたかったんですね。そこで「寒雷」という言葉を使ったところ、その句を読んだ人たちが、いい季語だといって競って使うようになり、歳時記にも載るようになった。つまり、考えた人一人だけがいいと言ってもダメで、みんなが使うようになって、初めて季語として認められるんです。

H じゃあ、季語は自分で作ってもいいってことですか？

K いいですよ。最初に使うのは勇気がいるし、みんなになかなか受け入れてもらえないけどね。

H すみません、初心者にはおこがましい発言でした（苦笑）。

K いやいや。松尾芭蕉は「季節（季語）の一つも探り出したらんは後世によき賜物なり」と言って、新しい季語の開拓を勧めています。**黛まどか**や**夏井いつき**も、新しい季語をいろいろ提案されていますしね。

加藤楸邨 明治に生まれ昭和から平成にかけて活躍した俳人、国文学者。

黛まどか 現代俳句を代表する女流俳人として活躍中。

夏井いつき 創作活動に加え、句会ライブや「俳句甲子園」創設など、俳句の普及のために幅広く活動（114ページ参照）。

季語を使うときの注意

H　なんだか、季語に対する興味がすごく湧いてきました！　歳時記でチェックする他、季語を使うときの注意点はありますか？

K　一句一季語ね。

H　一つの句に、季語は一つしか使っちゃダメということですか？

K　そうです。へそが二つあったら、おかしいでしょ。一句の中に俳句の中心である季語が二つも三つもあると、読み手はどれが中心か分からなくなってしまうし、句もボケてしまうんですよ。

H　でも季語が二つも入っている句を見たことがあります。

K　確かに**季重なり**（きがさ）の名句もありますけど、初心者には無理です！　同じように、季移りもダメです。

H　季移りとは？

K　他の季語を入れても句が成立する場合を「季が動く」といいますが、その動き方が他の季節にまで及ぶ場合を「季が移る」というんです。季移りの名句とされているものは、中心がしっかりしています。

H　初心者は、まず基本からですね！

季重なり
一句の中に、季語が二つ以上入っている俳句。名句の中にも季重なりはあるが、複数の季語には必ず軽重がある。

二時間目

まとめ

俳句のへそ「季語」を知ろう

一、季語は作り手と読み手の共通認識

一、四季と新年の季語が載っている歳時記を持とう

一、俳句には季語を必ず一つ入れよう

一、季語は時代と共に変化する

一、取り替えのきかない季語を選ぼう

俳句のルールについて

Q 口語体と文語体、新仮名と旧仮名、どちらで作るべき？

A どちらでもOK。あなたの自由です！

K さて、五七五と季語を学んだので、これでもう大丈夫。あとは実践あるのみ！　どんどん俳句を作って失敗作は捨てる、**多作多捨**です。

H （作句中）………先生、一つ質問があります。

「今日」や「蝶」は何音に数える？

K はい、何でしょう？

H 「電車（でんしゃ）」って、何音に数えればいいんですか？　音の数え方が分かりません。

K 「で」「ん」「しゃ」で三音です。「ゃ」「ゅ」「ょ」の拗音は、その前の字と

多作多捨（たさくたしゃ）
句をたくさん作って、たくさん捨てること。俳句上達の近道の一つとされる。

合わせて一音で数えるんですよ。

じゃあ、「きっぷ」は二音ですか？

「き」「っ」「ぷ」で三音です。小さい「っ」の促音は、それだけで一音として数えるんです。同じように、「あー」「いー」「うー」など音を長く伸ばす「長音」も「ー」だけで一音として数えます。

ややこしい！　難しいですね。

大丈夫、作っていくうちにだんだん馴れて、自然に分かりますよ。拗音は昔の仮名遣いが関係しています。例えば「今日」は、旧仮名遣いでは「けふ」だから二音。「蝶々」は旧仮名遣いで「てふてふ」だから四音。

なるほど！　では、俳句を書くときは縦書きで書くべきですか？

昔からの決まりでは、縦書き一行で、五七五の間も一字空けずに詰めて書きますが、僕は今の時代は横書きで、三行に分けて書いてもかまわないと思っています。現代俳句を代表する女流俳人の黛まどかさんは横書きですし、今はみんな、横書きの方が慣れてますよね。僕は新しい感覚は大賛成。それぞれが書きやすいように書けばいいのです。

言葉遣いは？　**口語体**より**文語体**の方がいいでしょうか？

それも自分の好みで選べばいいですよ。最初に言ったとおり、俳句の約束事は五七五と季語だけ！　あとは何でもアリですから。

口語体
日常使っているような話し言葉で書かれた文体。

文語体
文章を書く時（明治前期以前）に使う形式で書かれた文体。

H 俳句って、実はすごく自由なんですね。

K 今、若い人の中には面白いとかカッコいいという理由で、わざと旧仮名遣いで書く人もいます。それも大いにアリです。新仮名遣い、**旧仮名遣い**のどちらでもいいけれど、一句の中に新仮名と旧仮名を混在させてはいけないという原則はあります。

H 分かりました！

K 同じように、漢字にするか、ひらがなにするかも、自分で選んでください。例えば、「電車」と「でんしゃ」、「雷」と「かみなり」。漢字にすると硬い感じがするけれど、ひらがなにすると優しくふんわりした雰囲気になりますよね。そのへんは、自分でよく考えて！

H 本当だ！　漢字にするかひらがなにするかだけで、句の印象がずいぶん変わるんですね。

K そうなんです。あと、これは基本中の基本ですが、誤字脱字にはくれぐれも注意してください。せっかく一生懸命作った俳句も、字を書き間違えたり、一字書き落としたせいで意味不明になったり、**難解俳句**にされてしまったりしますからね。僕自身、雑誌への投句や大会への応募俳句を選ぶとき、誤字脱字のある句は絶対に採用しません。だから、うろ覚えの言葉や漢字は、辞書でちゃんと調べた方がいいですよ。

旧仮名遣い
現在使われている新仮名遣いが告示された昭和21（1946）年以前に使われていた、歴史的仮名遣いのこと。

例（名詞）

紫陽花
（新）あじさい
（旧）あぢさゐ

幼い
（新）おさない
（旧）をさない

胡瓜
（新）きゅうり
（旧）きうり

騒音
（新）そうおん
（旧）さうおん

杖
（新）つえ
（旧）つゑ

花菖蒲
（新）はなしょうぶ
（旧）はなしゃうぶ

H　そうか。言葉や漢字の書き間違い、気をつけなくちゃ！

俳句には俳句だけの漢字の読み方がある

K　漢字の話が出たところで、面白い話を教えましょう。

H　わっ、何でしょう⁉

K　俳句だけの漢字の読み方があるんですよ。例えば「大根」。本来は「だいこん」ですが、俳句の世界では「だいこ」と読んでもいいんです。

H　知らなかった！

K　同じように、「夕焼け」と書いて「ゆやけ」、「牡丹」と書いて「ぼうたん」、沈黙の「黙」と書いて「もだ」、「美し」と書いて「はし」と読んでもいいんです。

H　なぜ、そんなことに⁉

K　音数を合わせるためです。例えば、「牡丹」は「ぼたん」で三音だけど、「ぼうたん」にすれば四音になる。助詞の「は」を付ければ、「ぼうたんは」、ちゃんと五音になって、「上五（かみご）」に使える。

H　すごい！（拍手）。そういう漢字はどうやって知ることができますか？

K　季語なら歳時記にありますすし、漢字も作っていくうちに覚えますよ。

例（動詞）

（新）言う　（旧）言ふ
（新）匂う　（旧）匂ふ
（新）舞う　（旧）舞ふ
（新）植える　（旧）植ゑる

※旧仮名遣いでも変化しない言葉（一部）。

（新）老いる　（旧）老いる
（新）悔いる　（旧）悔いる
（新）越える　（旧）越える

難解俳句
意味が分からない俳句。

H　当て字はどうですか？　例えば、「女房」と書いて「つま」と読ませる。

K　音数合わせのためにやりがちですけど、一番やってはいけないことです。

H　あちゃ〜。

K　それよりも、漢字には同じ言葉でも表記が複数あるものがあって、どれを使うかで句の印象が変わります。それも辞書で調べるといいですよ。

H　例えば？

K　色の「あお」。「青」だけじゃなくて、「碧」「藍」「蒼」などがあって、微妙に色が違います。自分のイメージにあった漢字を選びたいですね。

H　漢字って奥が深いですね。

K　漢字は世界でも数少ない**表意文字**で、俳句の中でもいろいろな作用があります。ひらがなに比べて硬い感じになるけれど、一読して意味が伝わるという利点がありますし、視覚的な面白さも伝えてくれるので、俳句に趣を加えることができます。例えば、漢字の見た目のイメージを生かしたこんな面白い句がありますよ。

蛞蝓といふ字どこやら動き出す
後藤比奈夫

表意文字
一字一字が意味を表している文字のこと。

蛞蝓（なめくじ）といふ字どこやら動き出す
「蛞蝓」というややこしい漢字が、作者の「どこやら動き出す」という把握によって、「なめくじ」そのものであるかのような印象を与える句。後藤比奈夫は俳誌「諷詠（ふうえい）」名誉主宰。

「かな」「けり」「や」切れ字を効果的に使おう

H　（まだ作句中）……俳句というと、「かな」とか「けり」とか「や」を使ったものをよく見ますが、イマイチ、使い方が分からないんです。

K　初心者はそうですよね。

H　なんとなく、使い方を間違っちゃうんじゃないかと思うと、使う勇気が持てなくて。

K　そんなに難しいものではありませんよ。俳句は「一句の中で一カ所大きく切れる空間を持つ」ことが大切なんですが、「かな」「けり」「や」などの**切れ字**を入れれば、その空間をつくることができます。

H　どうして、切れる空間をつくらなきゃいけないんですか？

K　例えば、この句を声に出して読んでみてください。

荒海や佐渡に横たふ天の川　松尾芭蕉（まつおばしょう）

「や」を入れることで、言葉と言葉の間に「間（ま）」ができるでしょ。その「間」が読者のイメージを広げてくれるんです。十七音しかない俳句で

切れ字　俳句の中で、一部分を切ることによって「間（ま）」を作ること。代表的な切れ字は「かな」「けり」「や」。

は、この、長々と説明しないで読者にイメージを伝える「間」＝「切れ」が非常に重要な役割となっていて、想像の輪が広がれば広がるほど深い俳句になります。

H なるほど。「や」と「かな」と「けり」は、どうやって使い分けたらいいんですか？

K 僕は俳句は時代と共に変化していいと思っているので、自分の感覚で使えばいいと思ってしまうんだけど、とりあえず基本を話すと、まず、「や」は強調と詠嘆で、上五に用いると感嘆が大きくなります。先の芭蕉の句では、直前の「荒海」を強調しつつ、荒海を目にした芭蕉の感動が読む人に伝わってきますよね。中七（なかしち）の後や下五（しもご）の後に付けることもできて、名詞のほか、**活用語**の終止形・連体形・命令形など、いろいろな言葉の後ろに付けることができます。

H 名詞に付けるだけじゃないんですね。

K 「かな」は多くの場合、下五の最後に付けて一句を引き締めながら、余情を膨らませる効果があります。名詞か、**活用語**の連体形の後ろに付くのが基本ですね。

流れ行く大根の葉の早さかな

高浜虚子（たかはまきょし）

活用語
活用のある単語。動詞、形容詞、形容動詞、助動詞の総称。

K 大根の葉っぱが目の前を流れていったという、たったそれだけのことなんですが、「かな」があることで余韻が伝わってきますよね。

H 確かに。

K 「けり」も下五の最後に付けるのが基本で、しみじみと回想しながら、余情を持たせる効果があります。

白萩の雨をこぼして束ねけり　杉田久女

「けり」を付けて、きっぱりと言い切ることで、なんともいえない余情が漂っているでしょ。「けり」は「や」や「かな」のように名詞には付かず、活用語の連用形の後ろに付きます。ちなみに「けり」は連句の時代、一番最後の句の終わりに付けるルールがあったんです。俳句らしく決着をつけるという意味の「けりをつける」はここから来ているんですよ。

H 切れ字を使うと俳句らしくまとまるし、余韻も広がるんですね。やっぱり使った方がいいでしょうか。なんとなく、古くさくなるような……。

K 必ず使わなくてはいけないわけではありませんよ。切れ字を使わなくても名詞止めにすれば切れますし、動詞でも終止形にすれば切れます。芭蕉は「切れるかどうかは作者の意思次第で、切ろうという意思さえあれば何でも切れ字になるし、逆に切れ字を使っていても、切る意思がなければ切れ字の用をなさない」と言っています。

H なるほど、深いですね〜。

K 僕らの仲間でも、切れ字は古くさくて高尚なイメージになるから、使いたくないという若者もいます。まあ、切れ字を使っても新しい感覚で使えば古くさい句にはならないし、切れ字を使わなくても古くさい句は古くさいんですけどね（笑）。古くさいかどうかは、切れ字の問題でなく内容の問題だと思います

H 切れ字を使うのは、一句に一つだけですか？

K そうですね。上五と中七で切って、三つの山に分けることを三段切れといいますが、それだと句が内容的にも分かれ、焦点がボケてしまうんです。感動の中心は、一句の中で一カ所に絞った方がいいです。

H 感動の中心は一カ所に絞る……分かったような、分からないような。

K まあ、理論を意識しすぎると素直な句ができないので、まずは気楽にたくさん作ってみてください。よく分からなくてもどんどん作って、いいと言われたものを残してそのほかは捨てていけばいい。それをやっていくうちに、だんだん分かってきますから。初心者は理論武装をするよりも、「多作多捨」が最も手っ取り早い上達への近道なんですよ。

三時間目 まとめ

俳句のルールについて

一、「今日(きょう)」は二音、「きっぷ」は三音と数える

一、「ボール」は三音と数える

一、新仮名と旧仮名は混在させない

一、俳句だけの漢字の読み方を知ろう

一、切れ字を使って句に「間(ま)」をつくってみよう

四時間目

いい俳句を作るには

Q 言いたいことが五七五に収まりません

A 季語と主題以外は省きましょう

何がどうしてこうなったと、説明をしない

K いよいよ、私の俳句教室も最後の時間となりました。ここまでで、俳句は誰でも簡単にできるということを分かってもらえましたか？

H はい！ でも、作ろうと思うとどうしても、あれも入れたい、これも入れたいと思ってしまって、字余りになってしまいます（汗）。

K そんなときは、省略するといいですよ！

H 省略!?

K 初心者はとかく説明的になってしまいがちですが、俳句は季語と主題

（テーマ）があれば十分だから、その他は全て省く！　余計な言葉はどんどんそぎ落とすんです。

H 余計な言葉がどれなのか、分からないんです。

K 例えば主語です。小説のような散文に慣れた人は、どうしても文章に主語と動詞と目的語を入れたがるけれど、俳句は主情を詠むものだから、主語は、ほぼ自分に決まっています。

H 「私」とか「我」を入れなくても分かるんですね。

K あと、二時間目で一句一季語は説明しましたが、一句一動詞、一句一形容詞も心がけましょう。主語が入っていたり、一句に動詞が二つ入っている名句もあるけど、初心者はまず、無理だと思ってください。

H はい！　かなり省略できる気がしてきました。

K それから「雪が降る」「花が咲く」という表現も初心者にありがちだけど、雪は降るに決まっているし、花は咲くに決まっているから、わざわざ説明する必要はありません。

H 「鳥が飛ぶ」とか「風が吹く」とか？

K そうです。「黄色いレモン」とか「林檎（りんご）が赤い」とかね。小説のように、全てを説明しようとしてはダメ。誰もが同じイメージを持つ**常套語**（じょうとうご）や、誰でも使うような言葉は省くか、他の言葉に置き換えましょう。

常套語（じょうとうご）　同じような場面で決まって用いられる決まり文句。

自分の思いは説明せず、「モノ」や「コト」に気持ちを託す

K 省略する上でもう一つ大事なことは、主情を抑えることです。

H 主情を抑える？

K 自分の気持ちは、語らなくてもいいということです。

H え？　感情を出した方がいい句になるんじゃないんですか？

K 喜怒哀楽を持つことは大事ですよ。でも、感情をそのまま表に出してしまうと、最短詩型の俳句では情に流れて句に緊張感がなくなってしまうんです。例えば「楽しい」「おいしい」「愛おしい」とかね。そんなふうに直接的に感情を表す言葉は使わず、自分の気持ちは見たものや出来事に託して、読んだ人が感じてくれるようにするんです。

H む、む、難しい……。

停年やけむりのごとき花あけび　戸川稲村（とがわとうそん）

K こんなふうに、自分の気持ちを植物や動物に託せばいいんです。じっくり周りを観察すれば、必ず自分の心にぴったりくる「モノ」や「コト」が

戸川稲村（とがわとうそん）　高浜虚子（たかはまきょし）の門弟（もんてい）。

あるはずです。

H　なるほど！

K　小説のような散文は、自分の言いたいことをできるだけ丁寧に相手に伝えるけど、韻文である俳句は、作者が全部言おうとしてはダメ。半分以上は、読者に想像で補ってもらうくらいの考えで作った方がいいんです。

H　たった十七音しかありませんもんね。

K　そうです。俳句は世界で一番短い詩ですから、読んだ人が想像できるようにするんです。想像の輪が広がれば広がるほど、いい句になります。なるべく、多くを言わないで相手に分からせることを意識しましょう。

H　難しい！　自分にできるかなあ？

K　何度も言うけど、難しく考えないで、とにかくたくさん作ってみることです。その時に、周りの人がどうやって作句しているかなんて気にしない方がいい。みんな顔が違うように、句の作り方も違いますからね。

H　そうなんですか？　それでいいんですね！

K　例えば風景を見てサッとできる人と、なかなかできない人。中七（なかしち）が先にできて、上五（かみご）と下五（しもご）ができない人。人それぞれです。いずれにしても、俳句は作りながら分かることが多いから、継続して作ることが大事です。

H　分かりました、気楽にがんばります！

四時間目

まとめ

いい俳句を作るには

一、季語と主題以外は思い切って省こう

一、「私」「我」などの主語は必要なし

一、誰もが使うような常套語は避けよう

一、感情は表に出さず、「モノ」や「コト」に託そう

一、とにかくたくさん、詠み続けよう

第二章

基本の季語と名句を学ぶ

俳句の基本が分かったら、次は著名俳人の名句を鑑賞してみませんか。俳句に欠かせない「季語」も、よく使われるものを中心に掲載しました。先人の作品は声に出して読んでみると、その素晴らしさが一層よく分かります。

春の季語と名句

バスを待ち大路の春をうたがはず

石田波郷（いしだはきょう）

句意 都会の大通りでバスを待っています。街路樹は芽吹き、空は光にあふれ、人々は軽やかに歩いています。「ああ、間違いなく春なのだ」と、希望にあふれたみずみずしい俳句です。「俳句は珠玉（しゅぎょく）の私小説」と言った波郷による、昭和初期に詠まれた青春時代の句です。

季語：春（はる）

永き日のにはとり柵を越えにけり

芝不器男（しばふきお）

句意 日が長くなって、暖かなのんびりとした昼下がりです。庭の鶏も元気が出たようで、柵を飛び越して走り回っています。春の伸びやかな時間と柵を越えて行く鶏、映像のような感覚の春の俳句です。芝不器男（しばふきお）は昭和五（一九三〇）年、

時候

立春（りっしゅん）　春浅し（はるあさし）　冴返る（さえかえる）
余寒（よかん）　春めく（はるめく）　啓蟄（けいちつ）
彼岸（ひがん）　春昼（しゅんちゅう）　春の暮（はるのくれ）
暖か（あたたか）　麗か（うららか）　長閑（のどか）
日永（ひなが）　遅日（ちじつ）　花冷え（はなびえ）
春深し（はるふかし）　行く春（ゆくはる）

天文

春の日（はるのひ）　春光（しゅんこう）　春の空（はるのそら）
春の雲（はるのくも）　朧月（おぼろづき）　風光る（かぜひかる）
春風（しゅんぷう・はるかぜ）　東風（こち）　春一番（はるいちばん）
春疾風（はるはやて）　霾（つちふる）　春雨（はるさめ）

二十六歳で永眠しました。

季語：永き日

ゆで玉子むけばかがやく花曇

中村汀女

句意　満開の桜の下、薄曇りのお花見です。弁当のゆで卵の殻を剥いてみると、現れたのは、なんとまあ肌のツルツルとした輝くような卵！ ウキウキした花見の気分に、花曇りと白い卵の対比が見事です。汀女は家庭の日常生活を温かい眼差しで詠み続けました。

季語：花曇

春の水とは濡れてゐる水のこと

長谷川櫂

句意　冬が去り全てのものが光り輝き、水も「春の水」となって地上を濡らしてキラキラしながら流れていきます。水が濡れているのは当たり前のことですが、柔らかな春の水だからこそ、「そう言われれば、そうだな」と妙に納得させられます。常識を逆手に取った名句です。

季語：春の水

淡雪

地理

春の野　春の水
水温む　春の土　春泥
残雪　雪崩　雪解
薄氷

生活

卒業　入学　鶯餅
春灯　野焼き　耕す
種蒔　田打　茶摘
摘草　凧　風船　風車

雪とけて村一ぱいの子どもかな

小林一茶

句意

深い雪に覆われた村に、雪解けの季節。村の子どもたちも一斉に外に飛び出して、元気に楽しそうに駆け回っています。「村一ぱい」という表現に、春待つ信濃の子どもたちの様子がよく分かります。「春風に箸を掴んで寝る子かな」など一茶の俳句は、小さな命への眼差しが貫かれています。

季語：雪解け

雛飾りつゝふと命惜しきかな

星野立子

句意

今年もひな祭りの準備をしていた時、いつまでこうして雛を飾ることができるのかしらと感じ、無性に命が愛おしくなりました。母として女としての深い思いを表した句です。立子の俳句の一番のファンは、父の高浜虚子でした。立子の命日は三月三日です。

季語：雛飾る

行事

涅槃会　雛祭　遍路
仏生会　復活祭
西行忌

動物

猫の恋　亀鳴く

古池や蛙飛びこむ水の音

松尾芭蕉

句意 庭の前の古びた池に、辺りの静寂を破って「ぽちゃん」と蛙の飛び込む音が。その後、一層の静けさに包まれました。古くは蛙は声を聴くものであり、「春の池」は「山吹」などとの取り合わせが伝統的でした。芭蕉が侘びの世界を構築し、俳句の代表作となりました。

季語：蛙

揚雲雀空のまん中ここよここよ

正木ゆう子

句意 野原から青空へ真っすぐに上昇して行く雲雀。ここが空の中心とばかり懸命に囀って、まさしく春たけなわです。字余りの「ここよここよ」が、春の喜びを全身で表しています。作者は「俳句は人生をより深くするための遊び」と語っています。

季語：雲雀

お玉杓子　蛙　鶯　雉
雲雀　鳥雲に入る　囀
魚島　蝶　蚕

植物

梅　紅梅　椿　初花
桜　花　躑躅　藤
桃の花　木の芽
若緑　柳　竹の秋
菜の花　豆の花
下萌え　若草　菫
蒲公英　土筆　蕨　芹
犬ふぐり　春蘭
蕗の薹　若布

夏の季語と名句

どの子にも涼しく風の吹く日かな　飯田龍太

句意　「暑い日が続いていたが、今日はとても涼しい風が、村の子のみんなに分け隔てなく吹いて良い日である」という意味の句です。「どの子にも」の表現に、作者の子どもに対する優しい眼差しがあり、甲斐（山梨県）の山河への賛歌になっています。

季語：涼し

ふところに乳房ある憂さ梅雨ながき　桂信子

句意　女性にとって乳房は大事なものですが、ベタベタと汗ばむ、蒸し暑い梅雨の季節に、乳房の存在はたまらなくうっとうしい。そんな気分を詠んだ句です。時に社会的な生きづらさを抱える女性の象徴ともいえる「乳房」という言葉を使っ

時候

初夏　薄暑　麦の秋
短夜　土用　暑し
大暑　灼くる　炎ゆ
涼し　秋近し　夜の秋

天文

雲の峰　夏の月　南風
青嵐　薫風　夕凪
梅雨　五月雨　夕立
虹　雷　夕焼　日盛
片蔭　旱

た、女性らしい感性の一句です。

季語：梅雨（つゆ）

天皇の白髪にこそ夏の月　宇多喜代子（うだきよこ）

句意　平成天皇は即位の時から白髪が目立っていました。その白髪にはいろいろな思いがおありなのだろうと、夏の月を見上げるたびに感じます。さまざまな出来事があったのは、同世代の作者も同じです。夏の月は、そんな思いを一層深くします。元現代俳句協会会長。

季語：夏の月（なつのつき）

滝の上に水現れて落ちにけり　後藤夜半（ごとうやはん）

句意　川の流れが滝の頂上に来て、一気に盛り上がったと思うとしぶきを上げて瞬時にして落下、その一瞬の光景を句にしました。「たきのうえに」と読まず、「たきのえに」と読んだ方がリズムが増します。動の世界から静の世界まで簡潔に、仰ぎ見た滝の姿を見事にとらえています。客観写生の代表句。

季語：滝（たき）

地理

夏野（なつの）　青田（あおた）　泉（いずみ）　清水（しみず）
滴り（したたり）　滝（たき）

生活

更衣（ころもがえ）　浴衣（ゆかた）　羅（うすもの）
サングラス　水着（みずぎ）
梅干し（うめぼし）　新茶（しんちゃ）　心太（ところてん）
青簾（あおすだれ）　冷蔵庫（れいぞうこ）　扇（おうぎ）
扇風機（せんぷうき）　日傘（ひがさ）　田植（たうえ）
草刈（くさかり）　鵜飼（うかい）　泳ぎ（およぎ）
花火（はなび）　昼寝（ひるね）

仏壇のまへで昼寝をしてゐたる

夏井いつき

句意 毎日続く暑さで寝不足です。夏でもひんやりした座敷の仏壇の前で、ご先祖には申し訳ないと思いつつ、昼寝をさせていただきました。夏井いつきはバラエティー番組『プレバト!!』の人気で、現在の俳句ブームの立役者に。高校生を対象とした「俳句甲子園」の仕掛け人でもあります。

季語：昼寝

神田川祭の中をながれけり

久保田万太郎

句意 にぎやかな祭り囃子と神輿が街を通り過ぎて行きました。でも、神田川はいつものように静かに流れています。神田川は井の頭池を水源として東京を東西に流れ、隅田川に合流。東京の祭は神田明神など初夏に多く行われます。「祭」は夏の季語で、春や秋などの祭は春祭、秋祭といいます。

季語：祭

行事

端午　母の日　祭

神田祭　祇園会　夏越

動物

蟇　時鳥　郭公　水鶏

じゃんけんで負けて蛍に生まれたの

池田澄子

句意 生まれる前、蛍はじゃんけんという安易な方法で負けてしまって運命を決められてしまったのかしら（それは、もしかして自分だったかもしれない。この世にどんな姿で生まれてくるかなんて偶然なのね）。軽い調子の口語ですが、命の危うさを問いかける深い句です。

季語：蛍

叩かれて昼の蚊を吐く木魚かな

夏目漱石

句意 寺の本堂の読経の時間です。僧が居住まいを正し、木魚をポクポク叩きました。その振動に蚊が驚いて木魚の口から飛び出て、ブーンとどこかへ行ってしまいました。夏の昼間の、のどかで愉快な場面です。文豪・漱石の洒脱な句の世界を味わいましょう。

季語：蚊

鮎　初鰹　海月　蛾
蛍　蟬　空蟬　蠅　蚊
蟻

植物

余花　葉桜　薔薇
牡丹　紫陽花　百日紅
青梅　夏木立　若葉
茂　万緑　緑蔭
木下闇　竹落葉　病葉
卯の花　桐の花
杜若　菖蒲　向日葵
百合　筍　瓜　夕顔
茄子　トマト　蓮　萍
麦　苗　夏草

秋の季語と名句

妻がゐて夜長を言へりさう思ふ

森澄雄

句意 特に夫婦の会話もない静かな秋の夜。ふと妻が「夜が長くなりましたね」と一言。「ああ」と答え、つくづく「そうだな」と思う。ありふれた夫婦のしみじみした大切な時間を詠んだ句です。「夜長」は夏から秋となり、夜が長く感じられる季節の実感をいいます。

季語：夜長

かろき子は月にあづけむ肩車

石寒太

句意 久しぶりに子どもと秋の夜の街に出て、月に子どもを委ねるように肩車。幼い子の軽さにいっそう愛しさが募ります。「命を育む大きな存在にこの子を預ける」という気持ちが込められています。父と子の何気ない会話も聞こえてくるよう

時候

立秋　残暑　新涼
秋の暮　夜長　秋気
秋澄む　爽やか
冷やか　身に入む
朝寒　夜寒　漸寒
秋深し　行く秋
盆　糸瓜忌

天文

秋の日　秋晴　秋の声
秋の空　鰯雲　待宵
名月　良夜　十六夜

な情愛あふれる句。作者は「炎環」主宰で本書の著者。師は加藤楸邨。

季語：月

秋風や模様のちがふ皿二つ

原石鼎

句意 模様の異なる皿がテーブルに二枚のみ置かれています。そういえば、親兄弟といろいろありました。そんなことを思いじっと見つめていると、冷たい秋風が通り過ぎました。父と折り合いのつかなかった心理状態を伺わせる、石鼎のやるせない一句です。

季語：秋風

芋の露連山影を正しうす

飯田蛇笏

句意 空気の澄み切った朝、大きな里芋の葉の上に露の球が光っています。畑を囲む遠い山々は明暗を克明に刻み、屹立して姿を正しています。遠景と近景、大きな山と小さな露の玉、その対象がはっきりと描かれているスケールの大きな格調高い句です。「芋」という字は里芋を指します。

季語：露

後の月　天の川　秋風
野分　秋の雨　稲妻
霧　露

地理

花野　刈田　秋の水

生活

七夕　新酒　新米
新蕎麦　秋の灯
案山子　稲刈　砧
蘆刈　踊り　相撲
秋思

いなびかり北よりすれば北を見る

橋本多佳子（はしもとたかこ）

句意 「北の方より秋の雷が閃光（せんこう）を始め、思わずその方角に顔を向ける」という単純な句ですが、稲光（いなびかり）に即時に対応して詠まれたような句。北という方角が、暗い黒雲のような不安を思い起こさせます。稲光は秋の雷のこと。稲光により稲が実るという俗説から、稲妻（いなずま）ともいいます。

季語：稲光（いなびかり）

七夕の夜の到着ロビーかな

黛（まゆずみ）まどか

句意 空港の到着ロビーで会いたかった人をじっと待つ。「あの人は今までどうしていたのかしら。そうだ、今日は七夕の夜なのだ」。秋の季語「七夕」で恋を予感させた句です。黛（まゆずみ）まどかは平成六（一九九四）年、「旅終へてよりB面の夏休（なつやすみ）」でみずみずしく俳壇に登場しました。

季語：七夕（たなばた）

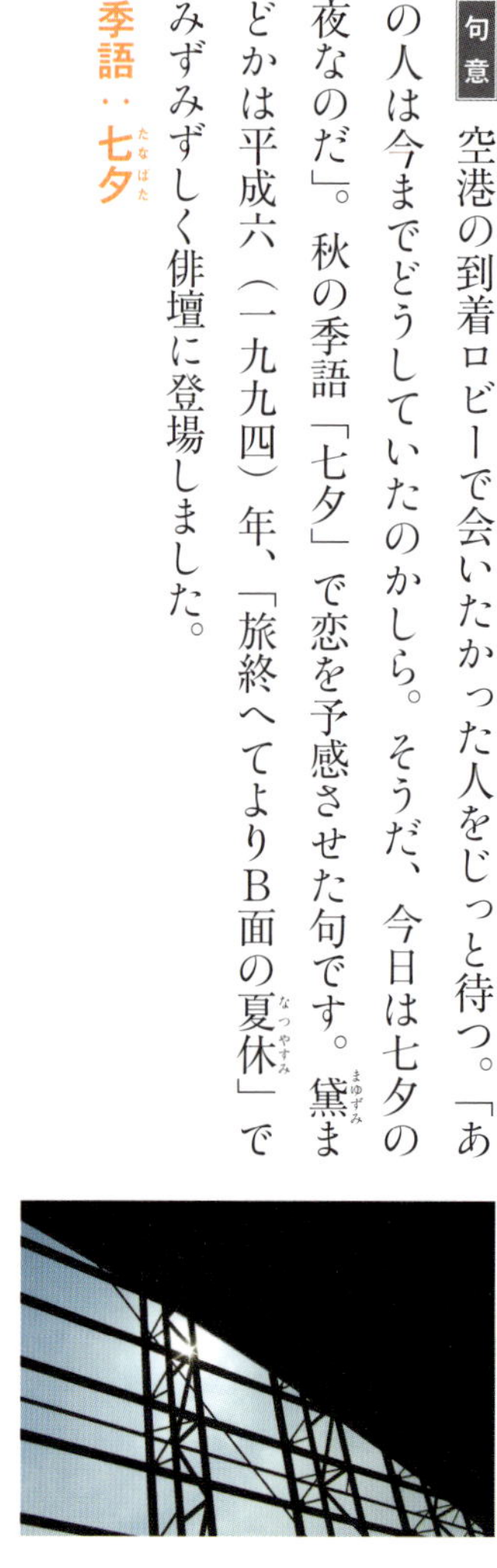

動物

鹿（しか）　渡り鳥（わたりどり）　小鳥（ことり）
稲雀（いなすずめ）　鵙（もず）　鶺鴒（せきれい）　雁（がん）
落鮎（おちあゆ）　秋刀魚（さんま）　蜩（ひぐらし）
つくつく法師（ぼうし）　蜻蛉（とんぼ）
虫（むし）　蟋蟀（こおろぎ）　鈴虫（すずむし）　松虫（まつむし）

渡り鳥近所の鳩に気負なし

小川軽舟（おがわけいしゅう）

句意 遥（はる）かな国からにぎやかに渡り鳥がやって来ました。にもかかわらず、近所の鳩たちはいつもと変わらず、駅前や公園を、気負うことなどなくグルグルと歩き回っています。まるで、私たち庶民の生活を見ているようです。渡り鳥は秋の季語。色や姿が美しい鳥がやって来るのは秋が多いです。

季語：渡（わた）り鳥（どり）

かなしめば鵙金色の日を負ひ来

加藤楸邨（かとうしゅうそん）

句意 言いようのない悲しみの日。全身に金色の夕日を浴びながら鵙（もず）がやって来て、その沈んだ感情を引き裂くように高く鋭く鳴きました。作者の切迫した心の祈りを絵画にしたような句です。作者は夕暮れの逆光に、希望の光を見たのかもしれません。

季語：鵙（もず）

蟋蟀（きりぎりす） 蟷螂（かまきり） 蚯蚓鳴（みみずな）く
木犀（もくせい） 木槿（むくげ） 桃（もも） 柿（かき）
梨（なし） 林檎（りんご） 葡萄（ぶどう）

植物

栗（くり） 柚（ゆず） 紅葉（もみじ） 木（こ）の実（み）
朝顔（あさがお） 蔦（つた） 鶏頭（けいとう） 菊（きく）
敗荷（やれはす） 芋（いも） 稲（いね） 早稲（わせ）
落穂（おちぼ） 草（くさ）の花（はな） 末枯（うらがれ）
萩（はぎ） 薄（すすき） 葛（くず）の花（はな） 撫子（なでしこ）
曼殊沙華（まんじゅしゃげ） 桔梗（ききょう）
女郎花（おみなえし） 赤（あか）のまんま

冬の季語と名句

大石や二つに割れて冬ざるる

村上鬼城

句意 大きな石がパカッと二つに割れています。それは全てのものを枯れ尽くす冬の荒涼とした景色そのものです。貧しくとも志を求め続けた鬼城の気迫が伝わってきます。宮沢賢治の俳句に「大石の二つに割れて冬ざるる」という一字違いの句（模写）があります。

季語：冬ざれ

小春日の母のこころに父住める

深見けん二

句意 春のような陽気です。母が一人で寂しそうに日向にいますが、きっと母の心には、今も父が住んでいるのでしょう。母への慈しみの句です。小春日は春ではなく冬の季語で、十一月は小六月ともいいます。この時季は雨風も少なく暖かい日

時候

立冬　冬ざれ　小春
年の暮　行く年　大寒
寒の内　短日　冷たし
寒し　冴ゆる　七五三
日脚伸ぶ　酉の市
年の市　クリスマス
追儺　芭蕉忌　蕪村忌

天文

冬晴　冬の月　凩
北風　時雨　冬の雨

和（より）が続きます。

季語：小春日（こはるび）

水枕ガバリと寒い海がある

西東三鬼（さいとうさんき）

句意 何日も高熱が続き、水枕で頭を冷やします。苦しさに寝返りを打った拍子（ひょうし）に、ガバリと水枕の中の氷が音を立てました。それはあたかも、寒い流氷の海に漂っている感じがしました。三鬼は「この句を得て、ようやく俳句というものが分かりかけた」と書いています。

季語：寒し（さむし）

まだもののかたちに雪の積もりをり

片山由美子（かたやまゆみこ）

句意 雪が深々（しんしん）と降り続いています。やがて物の形が分からなくなるほどに積もりつつあります。雪の日の柔らかく静かな光景です。片山由美子は、平成三十一（二〇一九）年一月、鷹羽狩行（たかはしゅぎょう）の主宰誌『狩』の継承誌として『香雨』を創刊。「言葉にはならない気配のようなものを、言葉によって漂わせる」が信条です。

季語：雪（ゆき）

霰（あられ）　霙（みぞれ）　霜（しも）　雪（ゆき）　風花（かざはな）

枯野（かれの）　冬田（ふゆた）　氷柱（つらら）

生活

年忘れ（としわすれ）　節分（せつぶん）　雑炊（ぞうすい）

着ぶくれ（きぶくれ）　冬籠（ふゆごもり）

蒲(布)団（ふとん）　炬燵（こたつ）　炉（ろ）

焚火（たきび）　探梅（たんばい）　竹馬（たけうま）

息白し（いきしろし）　日向ぼこ（ひなたぼこ）

佐渡ヶ島ほどに布団を離しけり

櫂 美知子（かい みちこ）

句意　寝室で夫婦の布団を少し離して寝ることにしました。本州と佐渡ヶ島ほどの距離の感じです。佐渡ヶ島は古来、流刑の地でした。きっと、夫が佐渡ヶ島なのでしょう。それとも夫婦ではなく不倫の二人でしょうか。ユーモアも俳句の大事な要素です。櫂には「春は曙（あけぼの）そろそろ帰つてくれないか」という面白い句もあります。

季語：布団（ふとん）

翁忌といへば近江のかいつぶり

上田五千石（うえだごせんごく）

句意　陰暦十月十二日は芭蕉（ばしょう）の命日です。「翁忌（おきなき）（芭蕉の命日）」というと、そうだ、芭蕉が好きだった近江（おうみ）の琵琶湖にいるカイツブリを思い出すなあ」という句。琵琶湖はカイツブリの別名「鳰（にお）」の湖（うみ）というくらい、水鳥のカイツブリが有名です。芭蕉の墓所は大津市膳所（おおつしぜぜ）にある義仲寺（ぎちゅうじ）。芭蕉（ばしょう）に献じた句です。

季語：翁忌（おきなき）

動物

冬眠（とうみん）　熊（くま）　狐（きつね）　鷹（たか）
笹鳴（ささなき）　寒鴉（かんあ）　寒雀（かんすずめ）
鴛鴦（おしどり）　水鳥（みずどり）　鳰（かいつぶり）　寒鯉（かんごい）
海鼠（なまこ）　牡蠣（かき）　冬の蝶（ふゆのちょう）
綿虫（わたむし）

人の世に花を絶やさず返り花

鷹羽狩行

句意 人の世にはいろいろなことが起きます。けれど花々は、絶えず明かりを灯すように、枯れた時節にも花を絶やすまいと咲いてくれています。「返り花」は、冬の小春日などに時ならぬ花が咲くこと。鷹羽狩行の主宰誌『狩』は、平成三十（二〇一八）年に終刊、片山由美子『香雨』に引き継がれました。

季語：返り花

冬菊のまとふはおのがひかりのみ

水原秋桜子

句意 多くの草花が枯れてしまう冬に、咲き続けている菊があります。誰にも頼らず、まるで自らの内側から凛とした光を放っているように、誇らしげに咲いています。「おのがひかり」と言い切ることにより、強い命を感じさせる充実した深い句になりました。

季語：冬菊

植物

帰り花　寒椿　山茶花
花八手　茶の花
枇杷の花　木の葉
落葉　冬木立　寒菊
水仙　万両　枯菊　葱
大根　冬草　枯尾花
藪柑子

新年の季語と名句

去年今年貫く棒の如きもの

高浜虚子

句意　昨日から今日になり、去年から今年になってあっという間に新年です。こうして時は流れていきますが、日常の暮らしや自分の生き方は一本の棒のように不変です。一続きの二日でありながら呼び方が変わり心も改まる感慨深さ。ひたすら客観写生を唱え、俳句の発展に尽くした虚子の心境が分かります。

季語：去年今年

元日や手を洗ひをる夕ごころ

芥川龍之介

句意　元日です。新しい年の始まりで忙しい日でした。一区切りつけ、普段の通り手を洗っているともう夕方。こうして一年の初めの格別な日も過ぎていきます。「夕ごころ」にほっとした心地と、めでたさの中の寂寥感があります。龍之介は生

時候
初春　去年　元旦
新年　初詣　七種（草）
初観音　小正月

天文
初日　初凪

地理
初景色　初富士

生活
門松　注連飾り　鏡餅

涯に一一五九句を作り、没後『澄江堂句集』が出版されました。

季語：元日

初湯殿卒寿のふぐり伸ばしけり　阿波野青畝

句意 今年初めてのお風呂に入ります。いよいよ卒寿（九十歳）となりました。サブンと入った湯船の中で、老いたふぐり（いんのう）のシワを「お前もご苦労さま」と伸ばします。長寿と正月を迎えた祝賀の句。ユーモアと少しエロチックな、青畝の自由自在の境地です。

季語：初湯

えりあしのましろき妻と初詣　日野草城

句意 新年、体調が良いので妻と初詣に出かけ、前を歩く妻の襟足が思いの他白かったことに驚きました。いつも家事と介護に翻弄されている妻が、女性であることを改めて感じた句です。草城は戦後病床にあり、妻の看護により生きてきました。

季語：初詣

若潮　屠蘇　雑煮
年始　年玉　書初め
買初め　若菜摘　万歳
獅子舞　初湯　初便り
歌留多　羽子板　手毬
破魔弓　初夢　松納

動物

初鶏　初雀　初鴉

植物

楪　歯朶　福寿草　薺

俳句を始めるなら、こんな道具を揃えよう

「俳句を始めよう！」と思い立ったら、用意したい道具があります。まずは最小限の道具を揃えて、楽しい俳句ライフをスタートさせましょう。

歳時記

まず最初に用意したいのが歳時記。8、9ページでも紹介していますが、歳時記は季語の種類や意味を詳しく調べるために欠かせないものです。季語を使って作られた例句も掲載されているので、俳句を作る際の指針になります。携帯に便利なポケットサイズのものから、詳しい解説や写真、例句がたくさん載っている大型判まで、さまざまな歳時記が出版されていますが、初心者はまず全ての季節の季語が掲載されている合本タイプで、携帯用のポケットサイズのものを持っていると便利です。自分が使いやすそうな歳時記を書店で実際に手に取り、吟味して選びましょう。

国語辞典

俳句を作る際には、小型の国語辞典や漢和辞典などの辞書を用意するといいでしょう。誤字脱字を避けるためにも、積極的に辞書を使うことをお勧めします。最近では電子辞書を使う人も多く、季語が搭載されている製品も人気です。

筆記具

鉛筆、シャープペンシル、ボールペンなど、自分の好みの筆記具をいつも持ち歩き、いい言葉を思いついたらすぐに、メモするようにしましょう。句会や吟行には、予備のために複数持っていくことをお勧めします。推敲（すいこう）したり、指導者から添削を入れてもらうときのためにいつでも赤ペンを携帯している人もいます。

句帖

ノートでも代用できますが、俳句用の縦書きの句帖があると重宝します。俳句は行間を詰めずにゆとりを持って書くと、後から推敲をするときに便利です。

第三章

俳句を詠んでみよう

さあ、いよいよ実践です。寒太先生のお弟子さんで
初心者クラスの方々が、各季節の写真から
イメージして作句しました。さらに
あえて季節感のない写真で俳句を詠むことにもチャレンジ！
あなたならどんな句を詠むでしょうか。

其ノ一 俳句を詠んでみよう

春の句を詠む

日ごとに暖かく、気持ちも伸びやか 新しい生命の息吹を感じて

暦の上での春は、二月四日ころの立春から五月六日ころの立夏の前日までをいいます。新暦ではほぼ二月、三月、四月にあたります。立春を過ぎてもしばらくは肌寒く、冴返る、もしくは春寒の日があります。そして春分を過ぎるころから、暖かで麗かな日が続きます。

辺りを見回すと、梅がほころび、やがて桜をはじめさまざまな花が心を浮き立たせてくれたり、百千鳥の囀りが耳を楽しませてくれます。また、卒業や入学などの人生の節目や、遠足などの心が弾むイベントがたくさんあります。

まずは一句！

咲き誇る菜の花の色空を染め　平田 完光

魚眼レンズで写された菜の花は空を黄色に染めているようです。素直に詠まれた気持ちの良い句。ただ、「咲き誇る」という表現は使い古された感があります。俳句では分かりきっている表現は避けた方が良い句になります。

今生れし蝶へ地球の彩あふれ　一ノ木 文子

「生れし」は「あれし」と読みます。一句を通して音読してみると「あれし・あや・あふれ」と「あ」音の明るい響きが耳に残ります。このように俳句では声に出して読まれたときの効果を考えて作ることも大切です。

菜の花や丘の向かふの未来館　結城 節子

作者は菜の花の丘に立っています。その明るい景色に感動して「菜の花や」と詠みました。読み手の心も思わずパッと明るくなる、「や」にはそんな力がありま す。「未来館」はきっと夢が詰まった館、明るい世界を予感させてくれます。

季語について

右の写真では、以下のような季語が使えます。

三月（さんがつ）　啓蟄（けいちつ）　弥生（やよい）
春の日（はるのひ）　暖か（あたたか）　長閑（のどか）
麗か（うららか）　花冷え（はなびえ）　春光（しゅんこう）
春の空（はるのそら）　春の雲（はるのくも）　春風（はるかぜ）
東風（こち）　桜まじ（さくらまじ）　風光る（かぜひかる）

ここに注意！

俳句を詠むときは通常、使い古された言い回しを避けます。限られた音しか使えないので、「鳥が鳴く」「風が吹く」「雨が降る」などの常套語（じょうとうご）は避け、オリジナリティーのある表現を探すように心がけましょう。

夏の句を詠む

春から夏へ、光にあふれ
生命力がみなぎる

暦の上での夏は、五月六日ころの立夏から、八月八日ころの立秋の前日までで、陽暦の五月、六月、七月にあたる木々の緑が美しい季節です。行事もこどもの日、海の日などさまざまあり、やがて夏休みを迎えます。動物では蜥蜴や守宮を見かけるようになり、春の花とは趣の異なった紫陽花、百日紅、夾竹桃が咲きます。そうした日々の移り変わりに目を向けて詠んでみましょう。

写真は田植えの前に水を引いてかきならし、田植えができる状態に整える「代掻き」の風景です。

まずは一句!

あめんぼが水面を滑る田植えかな

こせき 未知

写真を田植えの風景としてとらえ、水面にあめんぼを浮かべて詠みました。「あめんぼ」も「田植(たうえ)」も夏の季語で、一句に季語が二つ以上入っていることを「季重(きがさ)なり」といいますが、初心者はできるだけ避けましょう。

田をうるきのうは嬰を授かりし

結城 節子

この句も「田植」の景として詠みました。トラクターに乗った男性がお子さんを授かった喜びを詠んでいます。前句がほぼ実景を詠んでいるのに対して、この句は想像を膨らませています。俳句の世界がぐんと広がったように感じませんか?

代田掻く縄文土器の出でし丘

一ノ木 文子

こちらは写真を「代田掻(しろたか)き」ととらえています。この田んぼは見るからに棚田なので「丘」としたのは写実的。しかし、中七(なかしち)から下五(しもご)にかけての「縄文土器の出でし」に意外性があります。想像がここまで広がると楽しくなってきます。

季語について

右の写真では、以下のような季語が使えます。

代掻(しろかき)　田水張(たみずは)る　田植(たうえ)
晩春(ばんしゅん)　五月(さつき)　立夏(りっか)
初夏(しょか)　新緑(しんりょく)　若葉(わかば)
夏(なつ)の空(そら)　夏(なつ)の雲(くも)　夏燕(なつつばめ)
夏鶯(なつうぐいす)(老鶯(ろうおう))
畦(あぜ)に咲(さ)く花(はな)　夏帽子(なつぼうし)

ここに注意!

一句に季語が二つ以上入っていることを「季重なり」といいます。季重なりの名句もありますが、初心者は避けた方が無難です。季語と知らずに言葉を使ってしまうこともあるので、必ず歳時記で季語が重なっていないか確かめる癖をつけましょう。

※「代掻」・「田植」の時季は、地域によって4月末から6月に行われます。ここでは晩春から初夏の季語を紹介しました。

秋の句を詠む

誰もが感傷的になる季節
名残や余韻を詠む

歳時記における秋は、八月八日ころの立秋から十一月七日ころの立冬の前日までです。「天高く馬肥ゆる秋」といわれるように空が澄み渡り、夜空に月や星が輝き、大地では収穫の時季を迎えます。立秋とはいえ八月はまだ暑さが続きますが、朝夕に涼しさを感じ始め、二百十日のころは台風が近づきます。彼岸を過ぎると秋が一段と深まり、虫の声を聞きながら夜を静かに過ごしたくなる季節でもあります。写真は日本らしい秋の果物・柿。それも目に鮮やかな吊し柿です。

さあ、あなたはどんな句を詠むでしょうか。

まずは一句！

柿すだれくぐれば匂ふ晩御飯

渡辺 愛香

柿すだれを見たままに詠みながら匂いを感じています。視覚と嗅覚を組み合わせた作者独自の世界ですが、「○○すれば△△する」というのは、俳句としては少し冗長な感じがします。俳句は瞬間をとらえて詠むと切れ味が良くなります。

吊し柿雨読のひとの侘び住まひ

宗形 爽

晴れた日は農にいそしみ、雨の日は本を読んで過ごす「晴耕雨読」の人の家と見て取りました。動詞がなく、季語の「吊し柿」と中七・下五の十二音も修飾関係にはありません。「吊し柿」の後を軽く切って、リズムのある句になりました。

柿剥いて墓を移すといふ話

結城 節子

前の句とは反対に、「剥いて」と下へ続けたことで、切れ目なく詠むことができる「一句一章」の形になりました。句意は意表をついています。「剥いて」が「剥いているうちに」という、少しゆったりした感じを表現しています。

季語について

右の写真では、以下のような季語が使えます。

晩秋　秋気　秋澄む
冷やか　秋冷　爽やか
秋麗　身に入む　寒露
秋寒　肌寒　秋深し
暮の秋　行く秋
秋惜しむ　冬近し

ここに注意！

十七音しかない俳句は、瞬間をとらえて詠む世界一短い詩です。特に初心者はできるだけ余計な言葉を削ぎ落として、冗長な句にならないように気をつけましょう。

第一句は「匂う」を歴史的仮名遣いの「匂ふ」にして、より俳句らしくなりました。

※「吊し柿」がおいしくできるのは、気温が下がり湿度が低い11月初旬から中旬ころなので、晩秋の季語を中心にご紹介しました。

冬の句を詠む

凛として引き締まった景色に焦点を当てて

歳時記の上で冬は、十一月七日ころの立冬から、二月四日ころの立春の前日までで、陽暦ではほぼ十一月、十二月、一月にあたります。冬といえば雪を連想しますが、十一月は小春日和の暖かな日が続きます。やがて気温が下がり始め、霜が降りるころから人々は冬支度を始め、クリスマスを経て年越しを迎え、寒さはいっそう厳しくなります。

北アルプスの爺ヶ岳と鹿島槍ヶ岳は、美しく雪化粧されています。いかにも寒く厳しい冬の風景ですが、どこに着目して詠むかはあなた次第です。

まずは一句！

初めてのスキーをはいて風を切り　渡辺 愛香

遠望する雪山に、ゲレンデを颯爽と滑り降りる姿。肌を刺すような冷気は伝わりますが、「スキーをはいて」「風を切り」と動詞が二つ入っているため、やや散文的で説明的。動詞を入れないか、一つだけにすると俳句らしくなります。

雪嶺や朝の聴覚透きとほり　一ノ木 文子

視覚でとらえた雪山と、雑音が全くないことを組み合わせて一句に仕立て上げました。視覚から聴覚への転換が見事です。「透きとほり」はどちらかというと視覚表現ですが、聴覚に用いたことで佳句になりました。

山眠る智恵子生家の蓄音機　万木 一幹

「山眠る」は冬山の静まり返った姿を表現する季語です。春は「山笑ふ」、夏は「山滴る」、秋は「山粧ふ」です。作者は夭折の画家・高村智恵子の生家を訪れた際に蓄音機を目にしたのでしょう。読み手も智恵子の生誕の地を思って共感できます。

季語について

右の写真では、以下のような季語が使えます。

雪　雪山　雪嶺　大寒
寒　冬の日　冬の朝
冷たし　寒し　冴ゆ
寒波　厳寒　冬晴
冬の空　寒風　北風
空風

ここに注意！

俳句で動詞を使うときは、一つだけにすると俳句らしくなります。動詞が二つあると、句全体がやや散文的で説明的になり、すっきりとした句になりにくいので気をつけましょう。

新年の句を詠む

新しい年を迎える感慨を込めて

年が新まると、誰しも気持が引き締まります。そんな決意も新たなすがすがしい気分を、そのまま詠みましょう。季語は元日の他に元朝があり、二日、三日のように七日まではそのまま詠むことができます。七日は他に人日ともいいます。天文では初空、初日があり、御降り（新年三が日に降る雨のこと）という美しい季語もあります。年賀状、新年会、歌留多、雑煮、初夢、嫁が君（新年三が日に現れるネズミのこと）、初鶏、楪、福寿草など、新年しか使えない季語がたくさんあります。

まずは一句！

コマ回し田舎の友が懐かしく　平田 完光

写真の前面の独楽に焦点を当てて詠みました。この句の場合、独楽回しそのものが懐旧の情を誘うものである上、「田舎」「懐かしく」を重ねたことで情に流れてしまいました。独楽回しを写実的に詠むと引き締まった句になるでしょう。

朱一色の門前市やけさの春　万木 一幹

「けさの春」は初春、新春のことです。「今朝の秋」は立秋、「今朝の冬」は立冬のことですが「今朝の春」は新年です。前句と比較すると、この句は感情を表現していません。光景だけがくっきりと浮かび上がってきます。

三歩ほど夫に遅るる初詣　ノ木 文子

前句が「や」で句を軽く止めて「けさの春」を取り合わせたのに対して、この句は上から下まで一気に続けて詠まれています。上五・中七は下五の初詣にかかります。説明していないのに、作者のもどかしい気持ちが表れています。

季語について

右の写真では、以下のような季語が使えます。

小正月　初晴　淑気
門松　飾　飾海老
年賀　御慶　初市
初荷　買初　福達磨
獅子舞　猿回し　春着

ここに注意！

俳句は自分の感情を表す言葉ではなく、季語を使って読み手と気分を共有できるという特徴を持っています。この特徴を踏まえて季語を使うことで、感情に流されず、きりりと締まった句を詠むことができます。

其ノ二
想像力で詠んでみよう

チェロのある風景

ありふれた光景に俳句を添えてみる

　これまで、一枚の写真を見たままに詠むこと、写真の向こう側や裏側を詠むこと、少しだけ自分の思いを詠むことなどを説明しました。これから紹介するのは、日常の一コマを切り取った写真です。俳句は平凡な写真、あるいは日常よく見かける景色に息吹を与え、生き生きとした姿に変えることができます。

　写真は壁に立てかけられたチェロ、二人が向かい合っているポスター、そして一冊の本とアロマランプなど。どれに着目するかによって、写真の甦り方が変わってくるでしょう。

デュエットの後の静寂よ秋灯
宮岡 光子

作者はポスターの二人をデュエットの奏者に見立て、アロマランプから夜の静寂を感じ取りました。「秋灯」は「秋の灯」の傍題（季語の仲間）で「しゅうとう」とも「あきともし」とも読みます。ここでは音数の関係で「あきともし」です。

星流るゴーシュのセロのアンコール
万木 一幹

チェロというと宮沢賢治の『セロ弾きのゴーシュ』を思い浮かべる人が多いことでしょう。秋の季語「星流る」は『銀河鉄道の夜』を書いた賢治にぴったりです。このようにふさわしい季語を配することを「取り合わせ」といいます。

月の船チェロの祈りの音かすか
たむら 葉

月は一年中見られますが、俳句では秋の季語。他の季節に月を詠むときは、例えば春なら「朧月」、夏なら「夏の月」、冬なら「寒月」など、さまざまな季語が用意されています。月を配したことにより、詩的な句に仕上がりました。

季語について

この写真は室内で、どうやら夜のようです。使える季語は限られてきますが、詠み手が感じた季感（季節の情感）で詠みます。例えば、春の宵、春の夜、朧、夏の月、夏の星、秋の夜、夜長、夜寒など。季節の花を知っていれば、室内の写真でも花を配して詠むことができます。

ここに注意！

俳句では漢字に送り仮名を付けない習慣があります。例えば、「夕焼け」も、俳句では「夕焼の中に危ふく人の立つ」（波多野爽波）のように、多くの場合、送り仮名を付けません（もちろん例外もあります）。

だるま自転車

街角の風景をどう切り取るかがポイント

ありふれた日本の街角に、ユニークなだるま自転車が止めてある風景です。だるま自転車の原型はイギリスの大小の硬貨にその名の由来を持つ「ペニー・ファージング」で、ブレーキがないのが特徴。この際立った形のレトロな自転車に着目して、空想の世界に遊ぶか、背景の画材店あるいは店先に飾ってある絵画、もしくは街の雰囲気から想像を膨らませるかはあなたの自由です。

詠み手の抱くイメージによって、この写真はより豊かなものになることでしょう。

自転車の名はだるま号秋の雲　三角 千榮子

この句は写真に見えているものをそのまま素直に詠んでいます。だるま自転車は一般名であるにもかかわらず、写真の自転車を「だるま号」と名付けてしまったところがユニークです。俳句は「断定の文芸」ともいわれています。

父母と遇ふタイムトラベル花糸瓜　永野 宙

自転車にまたがって時をさかのぼり、亡き父母に会うために旅立とうとしています。「花糸瓜（はなへちま）」は晩夏から初秋にかけて、小さな黄色い五弁の花が咲きます。この句に薔薇（バラ）やダリアなどの華やかな花は似合いません。

青時雨非日常まで漕ぐペダル　小笠原 典子

「青時雨（あおしぐれ）」は初夏の青葉の美しいころに降る雨が上がり、木の葉にたまった雨の雫（しずく）が降りかかってくることをいいます。毎日忙しい生活に追われている作者が「穏やかな世界へ自転車を漕いで出かけたい」という思いを詠んだ句です。

季語について

写真から受ける印象では、この写真の季節は春から初夏のイメージです。早春（そうしゅん）、春めく、啓蟄（けいちつ）、春の日、春昼（しゅんちゅう）、暖か（あたたか）、麗か（うらら）、春暑し、夏近し（なつちか）、春の空、春風（はるかぜ）、風光る（かぜひか）、陽炎（かげろう）、花曇（はなぐもり）、鳥曇（とりぐもり）、春の野、春の川、水温む（みずぬる）、初夏（しょか）などが使えそうです。

ここに注意！

議論し始めれば尽きないことを、「こうだ！」と言い切ってしまう小気味良さが俳句の持ち味です。第一句の「秋の雲（あきのくも）」は夏の入道雲（にゅうどうぐも）（積乱雲（せきらんうん））とは異なり、爽やかで軽やかな感じがします。自転車に乗って旅に出たくなりますね。

水辺の男

とらえ方次第で世界観が一変

写真は、さざ波の立つ水辺です。湖か、あるいは海の入り江かもしれません。歩いているのか、ジョギングをしているのか、男性の姿が見えます。季節はもちろん、一日のうちの時間さえ定かではありません。男性の足取りも、軽快なのかそうではないのか、一見しただけでは分かりません。それは、句を詠むときの詠み手の気持ちにも左右されるといってもいいでしょう。

このような写真は、俳句によって趣（おもむき）が一変してしまうものです。さあ、あなたはこの写真にどんなストーリーを見いだしますか？

朝凪や大阪へ夢捨てて来し

飯沼 邦子

なぜ「大阪」なのか。そんな追及はやめにしましょう。作者にとっては「大阪」は夢を捨ててきた街に違いありません。風がぴたりとやむ「朝凪」ゆえに、男の息遣いが聞こえてくるようです。

砂の音人傷つけし秋の午

こがわけんじ

走りながら踏み締める砂の音に「人を傷つけてしまった」という悔いのようなものを感じて詠まれた、いわゆる心象句です。「どんなことで傷つけたのだろう」と、読み手に考えさせる句は佳句といえます。

結末の見えぬシナリオ朝曇

渡辺 広佐

夏の朝の空で、靄をかけたように曇っている様子を「朝曇」といいます。俳句の面白さを味わわせてくれるのは、上五・中七の「結末の見えぬシナリオ」です。雲行きから連想したのか、想像は尽きることがありません。

季語について

この写真の季節は詠み手次第です。夏ならば梅雨、梅雨空、梅雨晴、白南風、黒南風など。写真にはありませんが、海辺で見かける浜昼顔、玫瑰、海桐の花などを配してもいいでしょう。夏の風を感じたら、風薫る、大南風、秋ならば秋の浜、秋の雲、冬ならば、冬の雲、冬の浜など。

ここに注意！

第二句の季語は「秋の午」です。試しに「春の午」としたらどうでしょう。人を傷つけたことをあまり後悔していないように感じませんか？　この上五・中七には「秋」がぴったりくることが分かるでしょう。

子どもたち

よく見かけるシーンに一句添えて

可愛らしい子どもたちが、大人に付き添われて一列になって歩いている、日常よく見かける光景です。引率する大人の重そうなリュックサックからすると、通園の途中ではなさそうです。ひょっとして、今日は遠足なのかもしれませんね。

揃いの赤い帽子をかぶった愛らしい子どもたちに着目するか、大人に目を向けるか、それはあなた次第です。この写真にあなたが句を添えることで、一枚の写真の世界がぐんと広がります。

つなぐ手に日差しちりちり震災忌　このはる紗耶

上五・中七は写真の光景を素直に詠んでいますが、これに「震災忌」という季語を取り合わせ、先生が子どもたちの避難訓練を誘導している姿ととらえました。大正十二（一九二三）年の関東大震災が忌日とされています。

ポケットの木の実のことはまだ秘密　武知 眞美

一人の子どもに焦点を定めて、しかもその子がポケットに忍ばせた「木の実」を詠みました。俳句は自分が見たり感じたりしたことを詠むのがふつうですが、この句のように、一人の子どもに成り代わって詠むこともできます。

先生の嫁ぎゆく朝茱萸紅し　結城 節子

赤い帽子をかぶった子どもたちではなく、引率する先生の一人に焦点を定めました。結婚する朝に？と思われるかもしれませんが、俳句は事実を報告する詩ではありません。「朝」の一語が先生の晴れやかな気持ちを伝えています。

季語について

春の風景と感じたら、立春、早春、春の日、春昼、暖か、麗か、長閑、春深し。夏の風景とみれば、更衣、夏の日、暑し、涼し、夏燕、夏帽子、白靴、葉桜、紫陽花、花水木、百日紅、合歓の花など。他の季節から選んでもいいでしょう。

ここに注意！

俳句は取り合わせが大きな効果をもたらします。第二句は、「木の実」を取り合わせ、子どものいたずらな心持ちを表現しました。第三句は道すがらの真っ赤に熟した「茱萸」を取り合わせ、甘酸っぱい味から先生の気持ちを伝えています。

西新宿のビル群

都会の街並みを眺める後ろ姿にドラマが

都会の高層ビル群を窓越しに見ながら、休息する男性の後ろ姿。顔の表情が見えない分、人の背中はさまざまな想像を呼び起こしてくれるものです。時間は夕暮れのようにも見えますが、はっきりとは分かりません。季節も明確ではないので、詠み手次第でどのようにでも設定して詠むことができる、自由度の高い写真です。

さあ、この一枚の写真を抜け出して、ぜひ、写真で俳句を詠んで想像の翼を広げてください。

遠き日のわが背信や聖五月　山口 紹子

この句は、かつて自分が犯した裏切りに思いを馳せています。裏切りの内容は不明ですが、「聖五月」という季語が、読み手に何かを語りかけます。「聖五月」は五月のことですが、カトリックでは五月を聖母マリアの月としています。

花は葉に免許返納決めし夫　中島 領子

男性を自分の夫（この句では「つま」）に重ねて、高齢となり運転免許を返納した夫の心境を、その背中から読み取りました。「花は葉に」は『広辞苑』にも見当たらない、俳句特有の言葉で、夏の季語「葉桜」の傍題（季語の仲間）です。

窮屈な都心の空へ巣立鳥　酒井 尚弥

一見寂しそうな男性を鳥に見立てています。「巣立鳥」は晩春から初夏にかけて巣から飛び立ってゆく雛鳥のことで、主人公の心境を巣立鳥に託しています。俳句の面白いところは、高齢と思われる人を雛鳥にしてしまえることです。

季語について

歳時記では季節に時候、天文、地理、生活、行事、動物、植物の項目があります。夏の時候であれば初夏、天文なら五月雨、行事では父の日も面白いかもしれません。写真に鳥は見えませんが、春の鳥雲に、秋の鳥渡るなども詠んでみてはどうでしょうか。

ここに注意！

三句ともビル群や窓ではなく、男性の背中に焦点を合わせています。一句目は季節を夏、それも五月としています。ものみな生き生きと甦る季節ですが、この句のように心象を交えた句になることも多いようです。

有名人が詠んだこんな一句

皆さんがよくご存じの人の中にも
俳句愛好者は多くいます。
このコーナーでは小説家からテレビの人気者まで、
著名人たちが詠んだ寒太先生所蔵の句を
ご本人の直筆の色紙とともに紹介。
句も筆跡も鮮やかな各人各様の個性的な作品を
どうぞお楽しみください。

俳優・芸能研究家
小沢昭一
舟唄を聴く糸滝や最上川

イラストレーター
久里洋二
大きな手寅年の招き猫

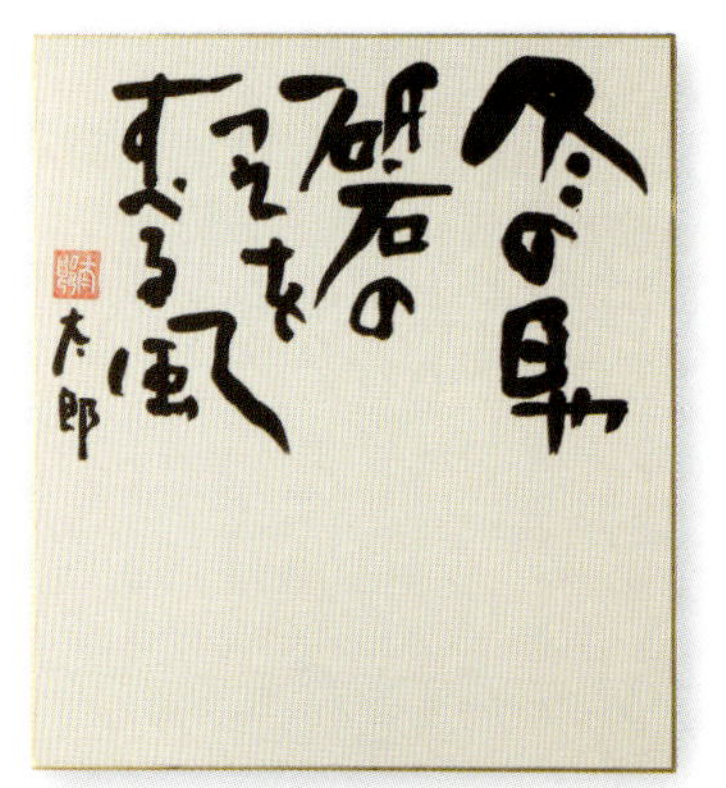

絵本作家
五味太郎
冬の日や砥石のうえをすべる風

作家
杉本苑子
甲斐犬や四肢たくましく霜を踏む

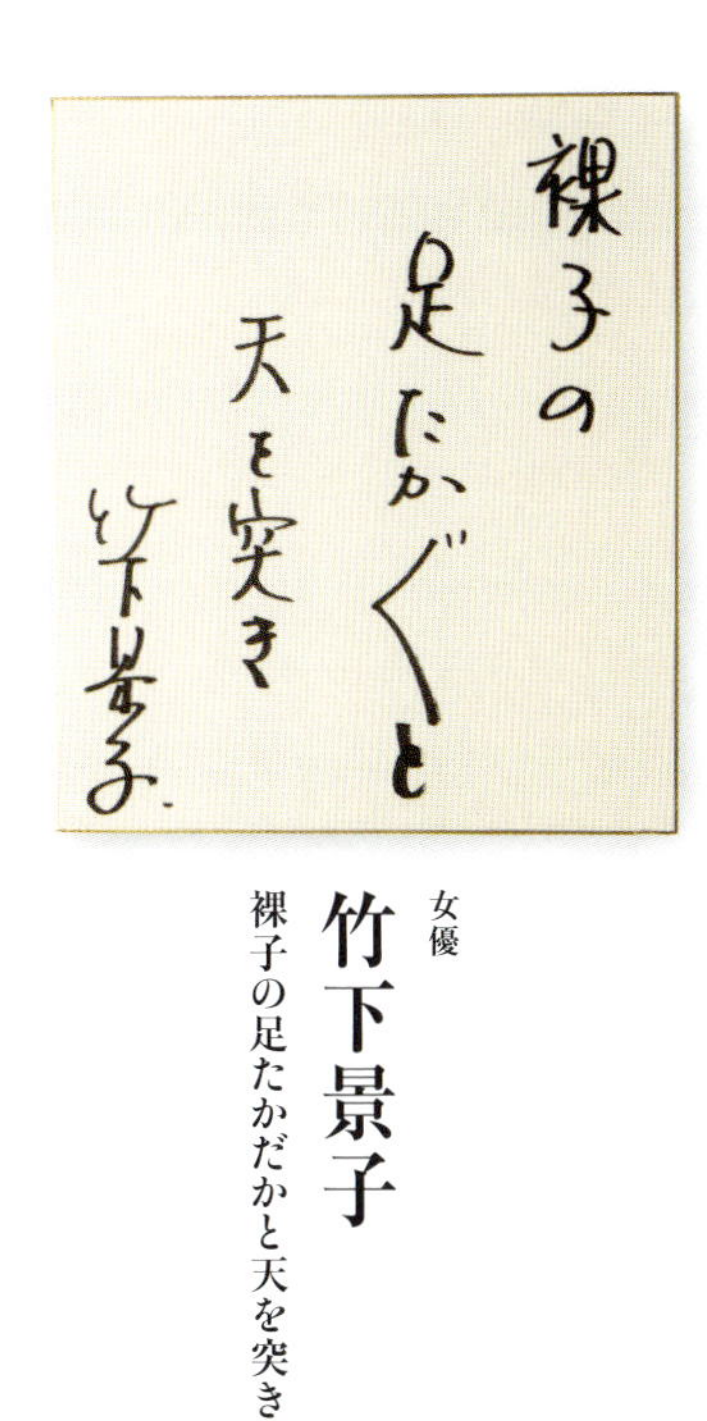

女優
竹下景子
裸子の足たかだかと天を突き

作家
中村武志
苺つぶし終りて憎き人を許す

詩人・作家
ねじめ正一
わさび田やシルバーツアーの青き旗

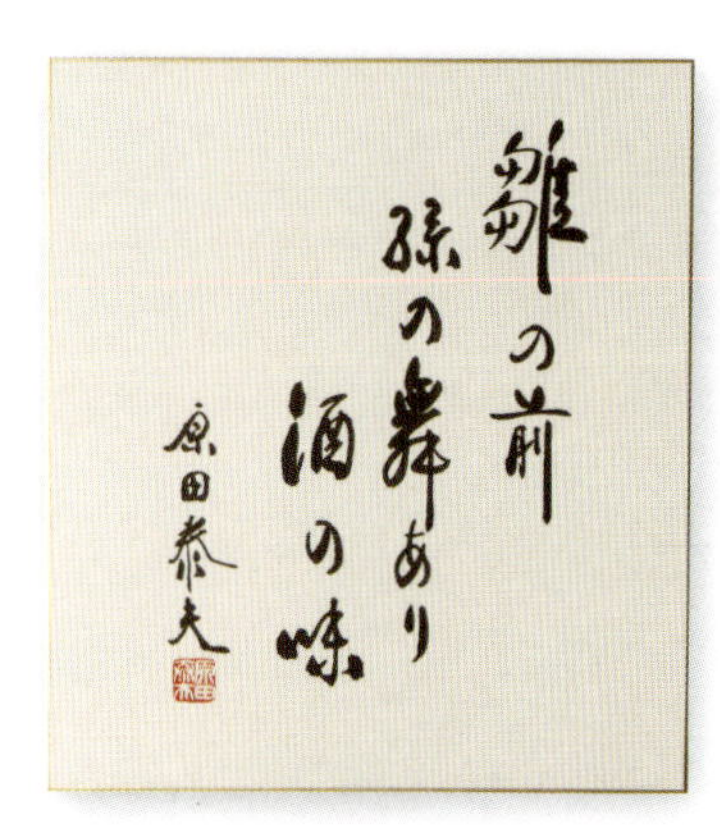

将棋棋士

原田泰夫

雛の前孫の舞あり酒の味

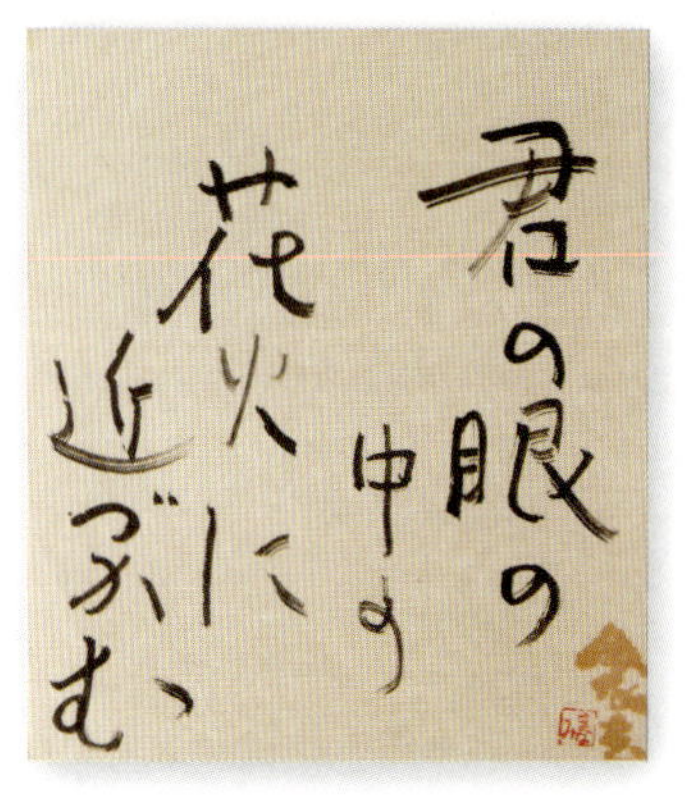

女優

冨士眞奈美

君の眼の中の花火に近づかむ

シンガーソングライター

みなみらんぼう

鳥はよく迷子にならぬ茂山

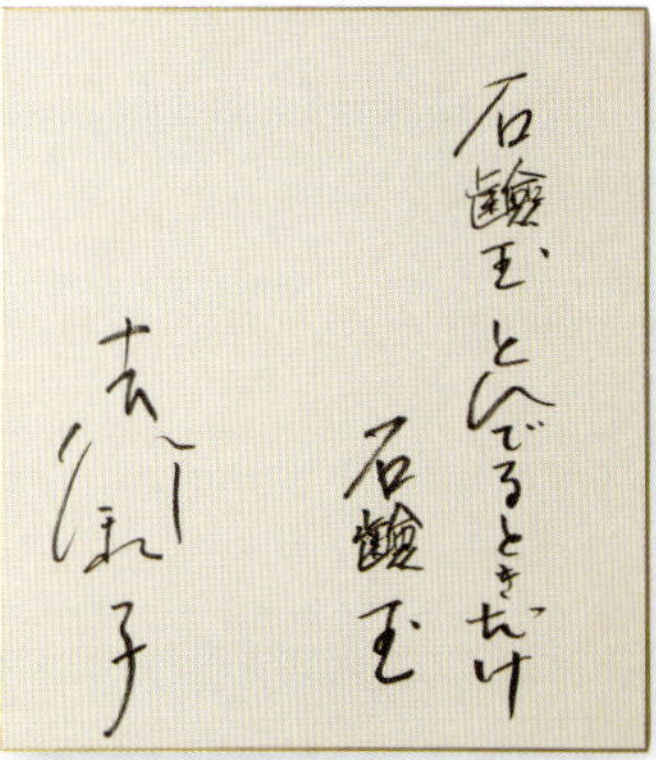

女優

吉行和子

石鹸玉（しゃぼんだま）とんでるときだけ石鹸玉

※石鹸玉（しゃぼんだま）は春の季語。

第四章

作った句を見直してみよう

作句で不可欠なことの一つに、作った句を
自分で見直す「推敲（すいこう）」というプロセスがあります。
この章では、寒太先生が効果的な
推敲のポイントを分かりやすくレクチャー。
あなたの句も、ちょっとした工夫でブラッシュアップ！

寒太先生の推敲教室

推敲を始める前に

なぜ推敲が大切なのか

推敲とは先生が直す添削とは異なり、自分の俳句を自分で見直し、手直しすることです。世界で最も短い十七音で表現する文芸の俳句は、たった一字の違いで句の印象が全く変わってしまうことがあります。ここが俳句の難しいところであり、また面白いところでもあるのです。ですから一字（事）が万事ではありませんが、一字一句をおろそかにせず、言葉を吟味して推敲することがとても大切になります。

私の場合は一句がそのまますんなりできることは少なく、まずは思いついた言葉を句帖などに書き留めておいて、後からいろいろと試行錯誤して俳句にまとめる、という作り方をすることが多いです。

初めに、私がどのように俳句を推敲しているかをご紹介します。

推敲【すいこう】
文章を作る際に、字句や表現を練り直すことをいいます。唐の詩人・賈島（かとう）が「僧は推す月下の門」という自作の詩句を、「推す」より「敲（たた）く」にした方が良いかどうか迷った末、韓愈（かんゆ）に相談して「敲く」に決めたという故事に基づいています。

かろき子を月へあづけむ肩車〈原句〉

かろき子は月にあづけむ肩車

石寒太

仕事が多忙でかまってやれない我が子。夜の散歩で肩車をすると、意外に軽く、そのまま満月に捧げたい気持ちになりました。この句は「かろき子を月へあづけむ肩車」という原句を説明的にしないために、上五の「を」を「は」に、中七の「へ」を「に」に直しました。そうしたことによってリズミカルな句に。現在では私の代表句になりました。

ふるさとの框這ひゆく春蚕かな〈原句〉

ふるさとは框這ひゆく春蚕かな

石寒太

この句は初め「ふるさとの框這ひゆく春蚕かな」でしたが、それではあった出来事の報告にすぎません。私の故郷では昔から蚕を飼っており、「ふるさと＝春蚕」そのものであることを強調したかったのです。そこで、あえて上五の「の」を「は」に変えてみました。「の」の方が俳句としてのリズムはいいですが、時にはこうした例外もあるのです。

月【つき】
秋の季語。月は四季それぞれに趣（おもむき）がありますが、その澄んで明るい様子は特に秋に極まることから、単に「月」といえば「秋の月」のことを指します。

春蚕【はるご】
春の季語。カイコガ科カイコ属の幼虫で、その繭（まゆ）から絹糸を取るために古くから飼育されてきました。おおむね四月中旬から下旬にかけて孵化し、桑の葉を食べて休眠と脱皮を四回繰り返した後で、糸を吐き出して繭を作ります。春に繭を作る蚕を「春蚕」といいます。

寒太先生の推敲教室 其ノ一

まずここをチェックしよう

第一章から俳句の作り方を学んできましたが、作ったままにするのではなく、必ず見直し・手直しをしましょう。まず基本的なこととして、誤字脱字はきちんとチェック。その他にも初心者が見落としがちなポイントをまとめました。

一句一季語が基本

夏嵐落ち急ぐよな八重桜〈原句〉

風強し落ち急ぐよな八重桜

原句では「夏嵐（なつあらし）」と「八重桜（やえざくら）」の二つの季語が重なっています。一番伝えたいのは「八重桜」の落ちる様子なので、「夏嵐」は別の表現に置き換えて整理しました。

夏嵐【なつあらし】
夏の季語。夏に南または南東から吹いてくる特に強い風のことをいいます。

八重桜【やえざくら】
春の季語。八重咲きの桜の総称です。桜の中では開花が遅く、満開になると枝が見えなくなるほど重く垂れ下がって咲きます。

一句の動詞は二つまで

人垣に爪立ち拝す初詣〈原句〉

人垣に爪立ちてをり初詣

動詞をいくつも入れると、どうしても構成が複雑になって焦点が定まりません。「爪立ち」「拝す」と二つの動詞が入っているので、中七（なかしち）の「拝す」を省略しました。

切れ字は重ねない

白南風や戦ひの世の果てにけり〈原句〉

白南風や戦ひの世の果てたりし

原句は「白南風（しら(ろ)はえ）や」「果てにけり」と、切れ字が重なっています。切れ字は強調したい部分にリズムよく配置したいので、下五（しもご）を「果てたりし」としました。

初詣【はつもうで】
新年の季語。元日に、氏神またはその年の恵方（えほう）にあたる神社仏閣に詣でることをいいます。

白南風【しらはえ／しろはえ】
夏の季語。梅雨の明けた後や梅雨の晴れ間に吹く南風のことをいいます。明るい夏に向かう気持ちを感じさせる季語です。

仮名遣いは一句で統一

揚雲雀問はず語りにいいあいし〈原句〉

揚雲雀問はず語りにいひあひし

一見旧仮名遣いで作られた俳句のようですが「いいあい」という新仮名が混じっているため「いひあひ」と直しました。一句の中での仮名遣いは統一しましょう。

三段切れは避ける

花に風月は朧に人に恋〈原句〉

花に風吹きゐて人に恋ごころ

上五(かみご)、中七(なかしち)、下五(しもご)が切れる三段切れです。三段切れにすると、中七が上五に付くか下五に付くか分かりにくいので、中七を直して下五に流れるようにつなげました。

揚雲雀【あげひばり】

春の季語。ヒバリ科。ウグイスと共に春の代表的な鳥として、俳句に詠まれてきました。繁殖期の高いさえずりと真っすぐ空に舞い上がる習性をこのようにいいます。

花【はな】

春の季語。平安時代以降、特に俳句の世界では「花」といえば桜の花を指すのが一般的になりました。日本の春の美しさといえば必ず思い出され、また雪や月などと共に季節の巡りを感じさせるものでもあります。

詠んだ俳句を推敲しよう！

基本的な推敲ポイントを頭に入れたら、実際に俳句を詠んで
推敲してみましょう。左のチェック項目を参考にしてください。

〈原句〉

チェック項目

- □ 季語は一つですか？
- □ 動詞は一つですか？
- □ 切れ字が重複していませんか？
- □ 仮名遣いは統一されていますか？
- □ 三段切れになっていませんか？

寒太先生の推敲教室

表現をレベルアップしよう 其ノ二

単純な間違いが少なくなってきたら、今度は季語の選択やリズム、表現や言葉の重複がないか、難しい言い回しになっていないかなど、もっと内容を深めるための推敲を行いましょう。心は深く、言葉は易しく。思いを深めつつ、できるだけ日常の言葉で表現しましょう。

ふさわしい季語を探す

十六夜や未完のままのラブレター〈原句〉

満月や未完のままのラブレター

「十六夜（いざよい）」は言葉の通り「いざよう」、ためらいながら出てくる月を意味しています。「未完のままのラブレター」と意味が付き過ぎているため、違う表現にした方が効果的です。

十六夜【いざよい】
秋の季語。旧暦八月十六日の夜、またその夜の月のことをいいます。満月のころよりもやや遅れて昇るため、ためらうという意味の「いざよう」から付いた名です。

満月【まんげつ】
秋の季語。旧暦八月十五日の月は、一年中で最も澄んで美しいとされています。

説明的にしない

鍵かけて留守録かけて髪洗ふ〈原句〉

鍵かけてゆつくりと髪洗ひをり

原句では「何がどうしてどうなった」という説明に終始しています。俳句は詩ですから「留守録かけて」まで言わず、別の表現に置き換えて余韻を残しましょう。

助詞を大切にする

呼びかけと海苔粗朶手繰る夫婦かな〈原句〉

呼びかけに海苔粗朶手繰る夫婦かな

助詞を「と」としたことで「呼びかけ」がどこにかかるのか、意味が伝わりづらくなってしまいました。この場合は中七（なかしち）につなげる「に」に変えてみましょう。

髪洗う【かみあらう】
夏の季語。夏は汗をかくため髪が汚れやすく、その汗臭い髪を洗うことをいいます。現代ではシャワーが発達し、毎日髪を洗うようになりましたが、それでも夏に髪を洗った後の爽快感は格別です。

海苔粗朶【のりそだ】
春の季語。かつて海苔の養殖で着生（ちゃくせい）させるために海中に立てていた木の枝のこと。現在は合成繊維のネットが使用されています。

重複表現は省略する

きのふへは戻れぬあした初紅葉〈原句〉

あと戻りできぬあしたや初紅葉

「戻れぬあした」といえば「きのふ」はその中に含まれており、少し理屈っぽい表現です。思い切って「きのふ」は省略して、「あと戻りできぬあしたや」とするとすっきりします。

冷麦を出され借金切り出せず〈原句〉

冷麦やついに借金切り出せず

中七の「出され」と下五（しもご）の「切り出せず」の表現が重なっています。十七音しかないので似たような単語は省略し、もっと効果的な表現を探しましょう。

初紅葉【はつもみじ】
秋の季語。カエデ類をはじめ、秋になって初めて色づいたばかりの紅葉のこと。春の桜と共に昔から愛され、俳句に詠まれてきました。

冷麦【ひやむぎ】
小麦粉が原料のうどんより細く、そうめんより太く打った麺。ゆで上げてから冷水にさらして食べます。

全体のリズムを整える

救急車音のひびきし熱帯夜〈原句〉

救急車の音のひびきし熱帯夜

上五(かみご)は出だしのため、字余りでも一気に読んでしまいます。原句では「救急車」「音のひびきし」で切れていますが、一字余ってもよいので頭に「の」を入れましょう。すると中七の切れが効いてきます。

ゆりかごや水澄む地球号青き星〈原句〉

ゆりかごや水澄む地球青き星

中七(なかしち)と下五、特に中七で字余りすると句全体が締まりません。もちろん例外はありますが、初心者の方はしっかり調整し、中七の字余りは避けるようにしましょう。

熱帯夜【ねったいや】
夏の季語。深夜になっても気温が下がらずに寝苦しい夜。気象用語としては最低気温が摂氏二十五度以上となる夜を指します。近年では冷房をつけないと眠れない夜が増えてきました。

水澄む【みずすむ】
秋の季語。秋は全てのものが澄み渡り、水もまた美しく澄んでいる季節です。水底まで透き通るような川や湖の美しい様をこのように表現します。

言葉の順序を入れ替える

五月晴富士全景の揺るぎなし〈原句〉

富士全景揺るぎなかりし五月晴

上五、中七、下五を入れ替えてみましょう。季語の「五月晴（さつきばれ）」は上五よりも下五に置いた方が収まりがよく、大きな広がりのある句になります。

水仙の明るく香る庭の隅〈原句〉

庭の隅明るくしたる水仙花

上五と下五を入れ替え、下五を名詞止めに。庭の隅を明るくしたのは何かと思わせておいて、下五に「水仙花（すいせんか）」を置くことで原句に比べ読者に発見があります。

五月晴【さつきばれ】
夏の季語。梅雨の最中に晴れ上がること。梅雨晴（つゆばれ）、梅雨晴間（つゆはれま）も同じ。五月晴を入梅前の五月の好天として使うのは誤用なので注意しましょう。

水仙【すいせん】
冬の季語。ヒガンバナ科の多年草。白い六片の中央に黄色い花冠（かかん）のある花が開きます。寒い時季に咲き始める姿には気品があり、いい芳香を放つのも特徴です。

分かりやすい表現に

萩の寺訪ねし頃の風の音〈原句〉

萩の寺訪ねし縁の風の音

萩の寺を「訪ねし頃」がいつなのか、作者には分かっても読み手には分かりません。あいまいな表現にせず、中七を具体的にして視点をはっきりさせましょう。

遠慮なく天蓋広げ秋の蜘蛛〈原句〉

遠慮なく天覆ひけり秋の蜘蛛

「天蓋（てんがい）」という表現にいかにも力が入っていますが、これでは意味がいろいろに取れてしまいます。難解な言葉、分かりにくい言葉を使わないと俳句らしくないと思い込まず、誰にでも分かりやすい表現を目指しましょう。

萩【はぎ】
秋の季語。マメ科ハギ属の落葉低木で秋の七草の一つ。赤紫色の小さく愛らしい花を多数つけ、秋の半ばにこぼれるように散る姿に風情があります。

秋【あき】
秋の季語。立秋（八月八日ころ）から立冬（十一月七日ころ）の前日までの期間をいいます。新暦ではほぼ八月、九月、十月にあたりますが、旧暦では七月、八月、九月を指します。

第五章　俳句の素材を求めて「二人吟行」顚末記

初心者でも楽しめる俳句作りの小さな旅

「吟行」とは、俳句を作るためにさまざまな場所を散策することです。句作に慣れてきたら、ぜひ俳句仲間と一緒に吟行へ出かけましょう。俳句を作る視点で周囲を観察しながら歩くと、新たな発見や出会いが生まれます。実際の体験から作る俳句は、驚くほど実感がこもるものです。近所の公園や商店街、少し足を延ばして動物園、博物館、神社仏閣など、どこに出かけてもかまいません。もちろん、何泊かの吟行旅行を企画するのも素敵ですね。句帖と筆記用具、歳時記を携帯し、印象に残った事柄や頭に浮かんだ言葉はどんどん書き留めておくといいでしょう。余裕があればコースの下見をしておくと、思わぬトラブルを防げます。

今回は寒太先生と編集部が一日、秋の鎌倉へ吟行に出かけ、句作に励んだ様子をご紹介します。

鶴岡八幡宮

汗ばむくらいの陽気で、絶好の吟行日和となった十月のある日。寒太先生と鎌倉駅で待ち合わせをして、まず最初に向かったのは鶴岡八幡宮です。二ノ鳥居から一段高い段葛と呼ばれる参道をゆっくり歩き、三ノ鳥居をくぐると源平池と、そこに架けられた太鼓橋が目に入ります。池には一面、立ち枯れのハス。「もう時期を過ぎて枯れていますね。これは破蓮といって、秋の季語です」と先生が解説してくれました。境内には露店が点々と立ち並び、修学旅行生や観光客が行き交う参道を進んで行くと、九月に行われた流鏑馬神事の馬場の解体作業中。こうした偶然の出会いも吟行の面白さの一つです。

秋つばめ一気に抜けし段葛　石 寒太

まぼろしの流鏑馬走り秋暑し　編集部

手水舎で心身を清め、舞殿を通り過ぎると、右手に若宮がそびえ、左手には酒樽が奉納されています。正面の大石段の手前には、大きなイチョウの幹と、小さなイチョウの木。なんでも樹齢千年を超えて倒伏した親木と、そこから芽吹いた若芽だそうで、現在は親子イチョウとして大切に育てられているのです。大石段を上りきると、いよいよ本宮。楼門に掲げられた扁額の「八」の字は、八幡神の使い

境内の流鏑馬馬場の跡（上）と、手水舎。

扁額の鳩の一文字銀杏散る　石　寒太
舞殿に二羽の鳩来し秋祭　編集部

とされる二羽の鳩の形をしていました。
共通のものを見て違う俳句が生まれることも、吟行の醍醐味の一つ。参拝を終え、案内役の巫女さんに別れを告げて、露店の葡萄飴を横目に次の目的地に向かいます。

八幡宮巫女ゐて後の更衣　石　寒太
ほとばしる甘露丸ごと葡萄飴　編集部

「さっきの巫女さん、可愛らしかったねぇ」とにこにこほほえむ寒太先生。こうした地元の方とのコミュニケーションも吟行を楽しくしてくれます。鶴岡八幡宮から次の目的地、荏柄天神社までの移動時間は徒歩で20分ほど。歩きながら、道端の草花や樹木の中で季語になっているいくつかのものを教えてもらいました。指を差しながら、すらすらと答えてくれる先生。句歴の違う仲間との吟行は、自分一人では気づかない季語とも出会えそうですね。

使ってみたい草花&樹木の季語

枳殻の実（秋）・枇杷（夏）・紫式部（秋）・木賊刈る（秋）・蔦（秋）・貴船菊（秋）・朝顔（秋）・泊夫藍（秋）・海桐の実（秋）・カンナ（秋）・烏瓜（秋）……

荏柄天神社

ビャクシンの大木をくぐり、石段を上ると現れるのが、福岡の太宰府天満宮、京都の北野天満宮と共に三古天神社と称される荏柄天神社。学問の神様である菅原道真公が祀られており、本殿の扉や調度品には御神紋にあたる梅鉢紋があしらわれ、合格祈願の絵馬が数多く奉納されています。受験シーズンともなるとお守りを求め、長蛇の列ができるほど混雑するのだとか。境内には生涯にわたり河童の絵を描き続けた漫画家の清水崑が、愛用の筆を供養するために建てたかっぱ筆塚と、横山隆一の呼びかけに応じ、小島功、手塚治虫、藤子不二雄、園山俊二など多くの漫画家が河童のレリーフを描いた絵筆塚があります。毎年、古筆を供養する絵筆塚祭が行われるなど、全国でも珍しい漫画にゆかりのある神社なのです。

ユニークな河童が描かれた絵筆塚（上）と、御神木の大イチョウ。

さまざまな漫画家たちによる思い思いの河童の姿は、いつまで見ていても見飽きません。

また、御神木（ごしんぼく）である樹齢九百年の見事な大イチョウも見どころの一つ。鎌倉市の天然記念物にも指定されています。

二人は鎌倉駅に戻り、江ノ電に乗って、次の目的地の長谷寺へ。

長谷寺（はせでら）

長谷駅で下車してから徒歩五分。「花の寺」と呼ばれ、一年を通して美しい景観を楽しめる長谷寺が見えてきました。近くのカフェでいったん休憩を取ってから拝観しました。特に人数が多い吟行の場合は、予定を詰め込み過ぎず、余裕を持った時間配分にしておくことも大事です。

境内でまず目に入ってきたのは、美しいピンク色の花。早速、寒太先生が「これは秋の季語で酔芙蓉といって、朝は白いけれど、だんだん酔っぱらったようにピンクに色づきます」と教えてくれました。岩壁にもタバコの葉に似たイワタバコが這っています。この時季に花はありませんが、初夏には星形の可憐な花を咲かせるのだそうです。まるで植物博士のような先生と一緒にいると、ずいぶん植物に詳しくなった気がします。地蔵堂を抜け、さらに石段を上って行くと、巨大な十一面観音菩薩が安置された観音堂に到着しました。参拝し、さらに進むと経蔵と呼ばれる経典が収められた施設や、鎌倉の街並みと由比ヶ浜が一望できる見晴台があります。この辺りでしばらく自由行動。

恋の絵馬売られ長谷寺小春かな　石 寒太

精霊ばった常世の国を見つめけり　編集部

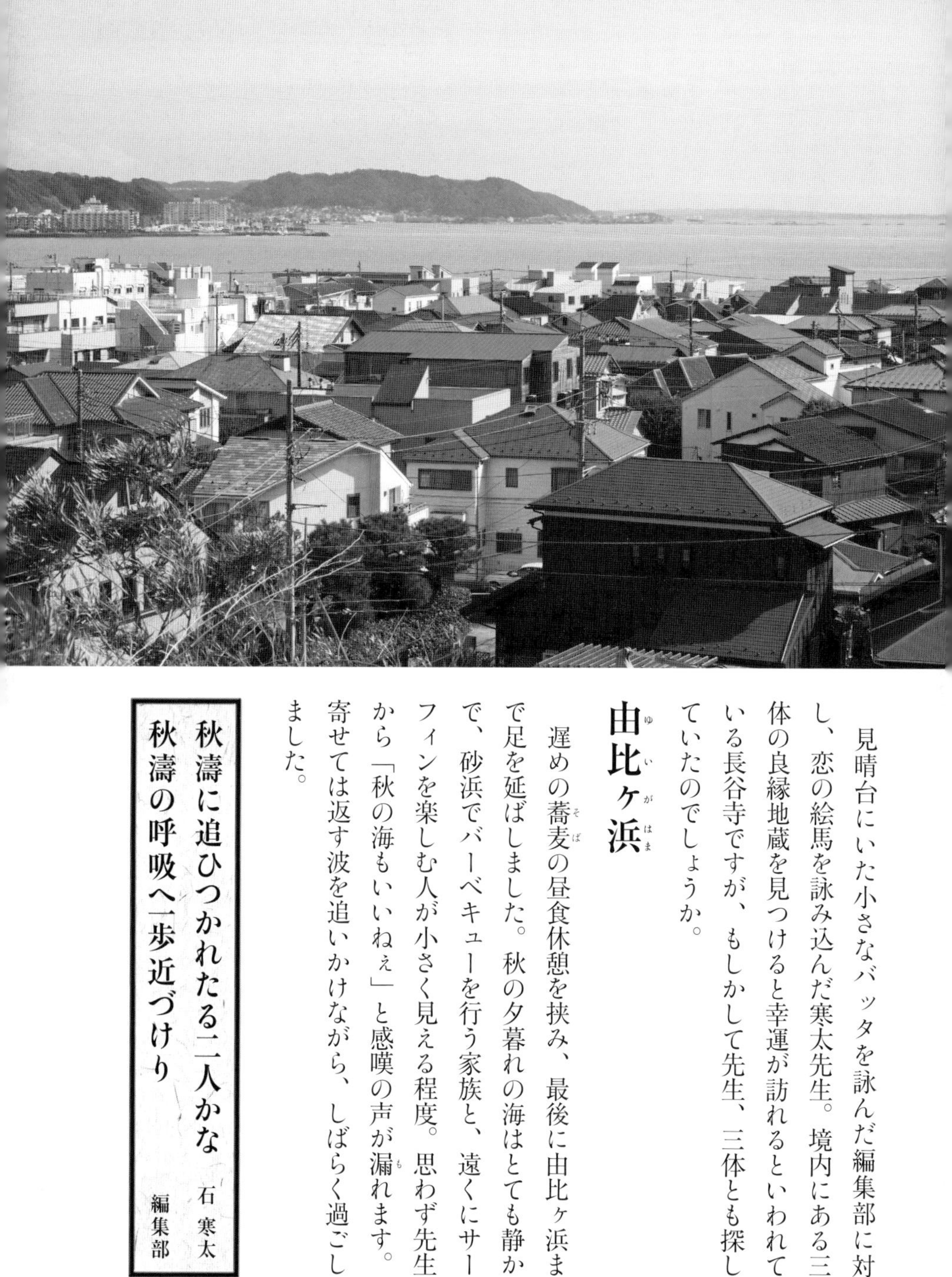

見晴台にいた小さなバッタを詠んだ編集部に対し、恋の絵馬を詠み込んだ寒太先生。境内にある三体の良縁地蔵を見つけると幸運が訪れるといわれている長谷寺ですが、もしかして先生、三体とも探していたのでしょうか。

由比ヶ浜（ゆいがはま）

遅めの蕎麦（そば）の昼食休憩を挟み、最後に由比ヶ浜まで足を延ばしました。秋の夕暮れの海はとても静かで、砂浜でバーベキューを行う家族と、遠くにサーフィンを楽しむ人が小さく見える程度。思わず先生から「秋の海もいいねぇ」と感嘆の声が漏（も）れます。思わず寄せては返す波を追いかけながら、しばらく過ごしました。

秋濤に追ひつかれたる二人かな　石 寒太
秋濤の呼吸へ一歩近づけり　編集部

さて、寒太先生との二人吟行はいかがでしたか？

◆ ◆ ◆

今回はお互いに作った句を披露し合いましたが、何人かいる時は、喫茶店、飲食店などを利用して吟行句会を行うのもいいですね。同じ体験をした人だけが分かる、吟行句会ならではの名句が生まれるかもしれません。

ぜひ皆さんも俳句仲間を誘って、楽しい吟行に出かけてみましょう。

酔芙蓉（上）をはじめ四季折々の花や紅葉が美しい長谷寺の境内。

「俳句は難しい」
そういう思い込みを ハンマーでたたき壊したい（夏井）

第六章 対談

夏井いつき×石寒太

バラエティー番組『プレバト!!』でおなじみの夏井いつき先生。昔から寒太先生と交流が深い夏井先生と、初心者の俳句の始め方、そして俳句が上達する方法を、存分に語っていただきました。

寒太先生＝以下寒　俳句を作ったことがない人の中には、俳句は特殊なものとか、敷居が高いと感じている人が多いですよね。夏井さんはバラエティー番組の『プレバト!!』をはじめ、「俳句甲子園」など、さまざまな活動を通じて、「俳句は誰にでもできるんだよ」ということを初心者に分かりやすく伝え、俳句人口を増やしているから、すごいことをやってくれているなと感心しているんですよ。

夏井先生＝以下夏　俳句界が富士山みたいな山だとしたら、私は裾野を広げることが自分の仕事だと思っているんです。その第一歩がまず、思い込みを壊すこと。俳句のことを知らない人たちは、「俳句ってこうだ」という勝手な思い込みで敷居を高くしていますから、それをハンマーでガチャーンって壊すんです。

寒「俳句の約束事は、五七五で季語が一つ入っているという二つだけだよ」と言うと、「え？　そんなんでいいの？」ってみんな驚きますものね。でも、そこから始めればいいと僕も思います。

夏　で、一回できたという成功体験が思い込みを崩してくれると私は思っているので、とにかく〝五七五で季語が一つ〟という公式に当てはめて作ってもらって、「ほーらできるじゃない」って。そのやり方でガンガン攻めていきます。時々「歳時記を全部覚えてから始めないと」って言う人がいるけれど、そんなバカな！って（笑）。

寒　始める前から理論武装してしまう人っていいますからね。いろいろな理屈を覚えるより、とにかくまず、作ってみることが大事。

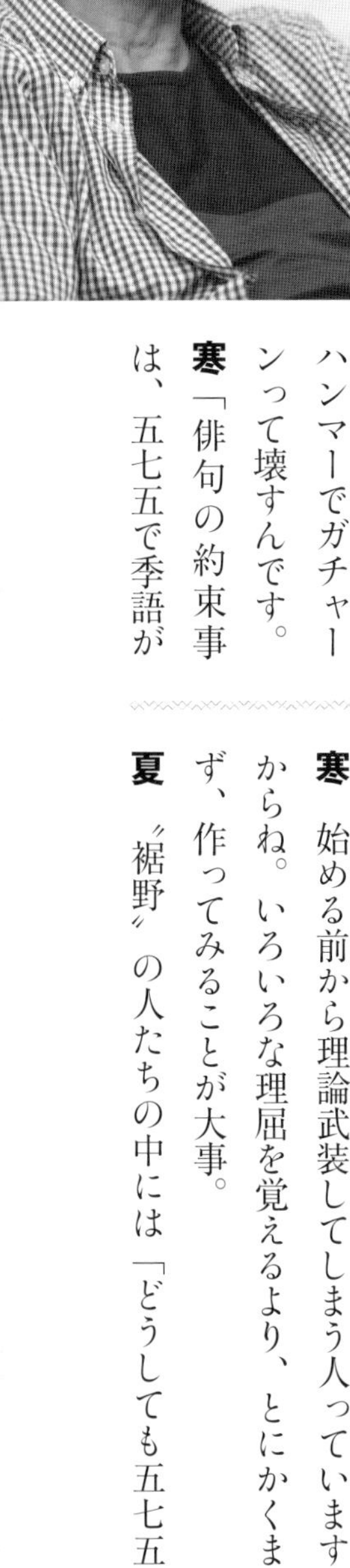

夏　〝裾野〟の人たちの中には「どうしても五七五

俳句では「やってはダメ」という言い方はやめた方がいい（夏井）

にならない」とか、「どうしても季語を二つ入れちゃダメなのか」とか、そういうことに潔癖になって、勝手にシャッターを下ろしてしまう人も多いんです。だから私は、「裾野のうちは一音多くても少なくても気にしないことからだよ」って言いますし、季語が二つ入っている場合も、「季重なりの名句もあるけど、それを作るには腕がいるよ。裾野の分際で季語を二つ入れようなんて、あんた頭が高いよ」って言い方をします（笑）。そうすると、季語は一つにしておいた方が得なんだって納得してくれる（笑）。教える上ではそんなふうに、富士山の匂配がある方に向かって、「ちょっとずつ一緒に歩き出そうよ」っていう空気感を私は大切にしていますね。

寒　素晴らしいですね。裾野をできるだけ広げて、誰でも気軽に入れるようにしておくことは、俳句人口を増やす上で、とても大事なことですからね。

夏　そのためには、「やってはダメなことがある」という言い方はやめた方がいいと思うんです。カタカナはどこまでいいのかとか、英語は使っていいのかとか、五七五を三行書きにしたいとか、皆さんいろいろなことをおっしゃるけれど、私は「やってはいけないことは何一つないよ。でもちゃんと詩になるように、しかも上質な詩にできる腕を身につけようね。それまではコツコツ勉強しようね」という話をします。

寒　夏井さんは作った俳句が詩であるかどうかという点を大事にされているところもいいなって僕は思っているんです。僕もよく教室で、難しい言葉を使おうとするのではなく、普段使っている易しい言葉で、思いを深く込めるよう言っているんですが、思ったこと、感じたそのままを、心のままに五七五のリズムに乗せることが何より大切ですから。とにか

く、最初から上手な俳句を作ろうとするのではなく、気楽に作ってみる。やっているうちにどんどんその人の中に自覚ができてきますから。

夏 だから私は、投句を受け付けているラジオ番組やwebサイトで、「何句でも送ってきて」って言っているんです。俳句を始めたばかりのころって自分ではどれがいい句か皆目分からないですよね。でも、その中で私が作品になっているなと思うものに対して結果をお返しすると、そこから本人は、なんであれがダメでこっちが選ばれたのかと考え始める。

寒 自分の一番自信があった句が選ばれなくて、数合わせと思って出した句が選ばれるということはよくありますからね。それもだんだんやっていくうち

難しい言葉を使うのではなく普段の言葉に思いを込めてほしい（寒太）

に分かるようになる。ただ、そのためには、作った句を恥ずかしがらずに人に見せることが大切ですよね。まずは、パートナーや家族、仲間など身近な人でいいから見せてみること。

夏　自分がいい句だと思って見せたのに、奥さんにけちょんけちょんに言われたら、「こいつは俳句が分からない女だ」と思って、次はもっと俳句が分かる人に見てもらおうって、ちょっとずつ見てくれる人を探しに行くようにもなりますからね。

俳号を付けると自分と違うもう一人の自分になれるんです（寒太）

寒　夏井さんが担当しているラジオ番組やｗｅｂの他、新聞や雑誌などにも俳句の投稿欄がありますから、いろいろ利用するといいですよね。思いがけない評価や参考になる意見が聞ける可能性もある。

夏　自分の句の良し悪しについて意見をもらわないと、このまま進んで行っていいかどうか分からなくて迷ってしまうこともありますからね。その意味では、句会というのは素晴らしいシステムだと私は思っているんです。名前を隠して、初心者も上級者も関係なく、みんなが平等に参加できる。まずそれが素晴らしいし、しかも、せっかく参加したのに、誰にも選ばれなかったら、来月には一句でも選ばれたいなと、俳句を続ける励みや動機づけにもなる。句会は匿名性（とくめいせい）と平等性があってゲームとして成立していることに加えて、俳句を続ける意欲も勝手に結び

ついてきてくれるから、俳句のタネをまく身としては、このシステムは大変ありがたいですよ（笑）。

寒　句会は知的でゲーム性があるから、楽しみながら参加できて、しかも自然と、俳句上達の技法も身につけられますから、僕もお勧めしますね。

夏　句会に行ったら、自分の句が思いがけない解釈をしてもらえて、それに感動するっていうこともありますしね。「それほど深いことを考えて詠んだわけじゃないのに、こんな解釈をしてもらえるなんて俳句ってすごい！」みたいな。

寒　俳句は十七音と短い分、作者も読み手も想像力が大事。だから、本人が思わなかったような、いろいろな意見が出てくる句の方がいい句なんですよね。そういったことも、句会で学ぶことができる。

夏　あと、私は俳号っていうシステムも素晴らしいと思っているのです。まだ一句も作ってない初心者に対しても「まず俳号を付けよう！」って勧めています。そう言うと、茶道や華道のイメージがあるせいか、たいてい皆、「私のような者が俳号なんて」っておっしゃるんですけど、そのときは「本名でやってダメ出しされたら痛いよ」って脅しています（笑）。「俳号を付けて、この名前はゲンが悪いと思ったら変えればいいんだし、実力がついて本名でやれる自信がついたら本名に切り替えればいい」って。

寒 俳号を付けると実生活の自分と違う、もう一人の自分になれますからね。正岡子規（まさおかしき）は50以上も俳号

夏井いつき
なついいつき　1957年、愛媛県生まれ。8年間の中学の国語教諭の経験を経て俳人に転身。俳句集団「いつき組」組長。創作執筆に加え、句会ライブなど「俳句のタネまき」活動を積極的に行う。また、全国高等学校俳句選手権大会「俳句甲子園」の創設に関わる。『プレバト!!』（MBS/TBS系）をはじめ、テレビ・ラジオ・雑誌・新聞・webなどの各メディアで活躍。2015年から俳都松山大使を務める。

を持っていて、中には「めんどくさい（面読斎）」っていう俳号もありましたよ（笑）。

夏 最初はいいかげんな俳号でいいんです。そのいい加減な俳号が、俳句に対するこわばりをちょっと弱くしてくれますから。だから最初の第一歩は変な俳号であればあるほどいいと思いますね。私も「俳号を付けて」とよく頼まれた時期があって、最初は真面目に考えていたんですが、だんだん面倒くさくなって、ある日、居酒屋のメニューにあった「甕八（かめはち）」というお酒の名前を付けたら、それ以降、組長（夏井先生のこと）に頼むと変な名前を付けられるからって、頼まれなくなりました（笑）。

寒 僕もよく頼まれて、魚に凝ったころは、「いさき」とか、「まんぼう」とか「きんぎょ」とか、魚に飽きたら今度は果物の「れもん」「みかん」とか付けてあげてましたね。今はもう定着してる。

夏 名前が人を育てるということもありますからね。もっといい名前が欲しいからがんばろうって

（笑）。

寒　変な俳号を俳句上達へのモチベーションにするのもいいですよね。あと、僕はうまくなりたいなら、芭蕉（ばしょう）でも蕪村（ぶそん）でも子規でも誰でも、いいなと思った人の句を、何句か暗唱できるくらい勉強することを勧めます。小説を全部覚えるのは無理だけど、俳句は十七音だから覚えやすいでしょ。知らない作者の句でも、いいなと思ったら、その人の句を徹底的に学ぶといいと思います。

夏　私は写真や絵を見て俳句を作るとき、「自分がその作品の中に入って、想像力で360度ぐるっと見渡すことができるようになったら楽しいよね」って言っています。「それができるようになったら、想像力で生々しく吟行ができる、脳内吟行のスペシャリストになれるよ」って。

寒　吟行って神社仏閣や名所旧跡に行かなくてもどこでもできますからね。キッチンでもスーパーでもスポーツ観戦でも観劇でも、何でもありなのが現代の吟行。だから、いろいろなところで目にしたもの、思ったことを頭の中にメモしておいて、時間があるときに、十七音に託せばいい。とにかく、自由な発想で俳句を作ってほしいですね。

吟行って神社仏閣に行かなくてもどこででもできますからね（寒太）

まとめ

初心者が俳句を始めるには

一、「五七五で季語が一つ」から始めよう
一、普段使っている易しい言葉で詠もう
一、句を作ったらどんどん人に見せよう
一、初心者ほど俳号を付けよう
一、目にしたものを五七五にしてみよう

第七章

俳句を詠んだら句会へ行こう

「座の文芸」ともいわれる俳句の世界には、
「句会」という集まりがあります。
句会は楽しく、勉強になると言いますが、
一体どんなことをしているのでしょう。
そこで、編集部が読者を代表して初級者向けの
句会に潜入、その全貌をレポートします。

上達に欠かせない句会のやり方

**俳句は自分以外の誰かに共感してもらうことで作る喜びが生まれます。
ここではそうした俳句を発表する場＝句会についてご紹介します。
句会の進め方にはいろいろありますが、ごく平均的なケースを説明します。**

句会の開かれる前には課題が出されることがあります。例えば「梅」を題材にして詠みましょうとか、「色」という文字を句の中に織り込んで詠みましょうなどと、あらかじめ宿題が出されるのです。これを「兼題」といいます。また、当日最初に会場に着いた出席者など、特定の人に題を出してもらうことがあります。これを「席題」といい、他の人は会場に来て初めて題を知ることになります。他には「嘱目吟」といって、句会場の周りを見回して目につくものを題材にして作ることもあります。

また一部の句会では、句会の開かれる数日前を締め切りと定めて、事前に投句をするところもあります。その場合も兼題が出されることもあれば、「当季雑詠」といってその季節を詠み込んだ句であれば自由に詠んでいいとされることもあります。また投句数も、二句から五句と句会によってさまざまです。

課題の出し方は主に4パターン！

◎あらかじめ出題

兼題

あらかじめ題が出されること、またはその題。

当季雑詠

その季節を詠み込んだ句であれば自由に詠んでいいこと。例えば季節が秋であれば、秋の季語を自由に選んで詠むことができます。

◎当日勝負！

席題

当日最初に句会場に着いた人など、特定の人に題を出してもらうこと、またはその題。

嘱目吟

句会場の周りを見回して、目につくものを題材にして作ること。

句会の手順

一、出句

句会場の入り口で短冊をもらいます。例えば「四句出し」なら四枚の短冊が配られ、一定の時間の中で句を作って提出します。事前に投句してある場合は、ここで全員の投句の一覧表が配布され、次項の清記作業は必要ありません。

二、清記

係は全員の短冊（無記名）を集めシャッフルします。これを清記係が専用の用紙に書き写します。清記をする理由は、短冊の字体などによって投句者が特定されないようにするためです。

三、選句

例えば百句集まって五句選の場合、百句の中から自分がいいと思った句、あるいは好きな句を五つ選び、中でも特にいいと思った句を「特選」とします。

これらの五句を「選句用紙」に書き写して署名をし、「披講(ひこう)係」へ渡します。句会によっては選句用紙を省略し、各自が選んだ句を順番に発表することもあります。

四、披講

披講係は全員の選句を順番に読み上げます。作者はこの段階では名乗りません。ただし句会によっては、自分の句が読み上げられるたびに名乗り出る場合もあります。

五、講評

披講が終わると主宰者（指導者）が講評をします。結社によっては別に司会者がいて、その句を選んだ人、あるいは選ばなかった人に任意に意見を求めます。この段階で、多数の選が入ったのに反対意見が出るなど、議論が白熱することもあります。ひととおり議論が落ち着いたところで、司会者が作者に名乗りを求めます。ただし、結社によっては主宰主導で、互いの議論が行われないこともあります。

六、二次会

句会が終わると有志で二次会へ移動し、句会で話題になった句が改めて酒の肴(さかな)になったり、無点（票が入らなかった）の句の作者の愚痴を聞いたりと、和気あいあいと句会の余韻を楽しみます。中には句会そのものよりも、こちらの「二次会」の方を楽しみにして参加する人が少なからずいます。句会の席では句についての議論は活発に行われますが、私語は慎しみます。隣り合った人とはもちろん、遠い席の人とは会話できませんが、二次会では好きな人と好きなだけ話ができますし、何より無礼講がしきたりですから、指導者や先輩ともざっくばらんに話ができます。

カジュアルな句会をのぞいてみました！

まずは体験から
初級者句会潜入レポート

句会に参加してみたいけれど、
初級者にとってはどんなことをするのか分からず、
ハードルが高いですよね。そこで今回は、
編集部が初級者向け句会を体験してきました。

行ってみたいけど怖い!? 「句会」の世界を編集部がのぞいてきました

俳句の勉強を始めたら、いつかは参加したいのが「句会」です。ひと口に句会といっても、数人単位から百人規模まで、大小さまざま。今回編集部が潜入した「阿佐谷ナイト・ひよこ句会」は、句歴五年以内の人を中心とした初級者にぴったりの句会です。

発足して二年となるひよこ句会は、十人前後の人数で毎月一回のペースで行われており、居酒屋でお酒を飲みながら進行するゆるやかな雰囲気が魅力。この日も十八時から、都内の某居酒屋に次々と参加者が集まってきました。

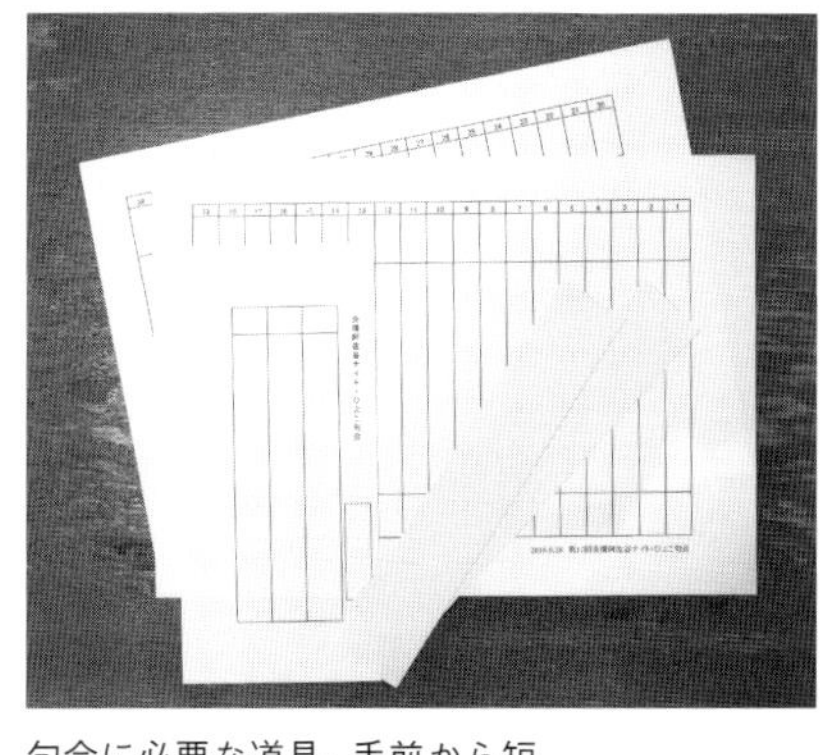
句会に必要な道具。手前から短冊、選句用紙、清記用紙。

開始時間になると参加者が集まり、短冊に自分の俳句を記入します。

集まったのは句歴二十七年の市ノ瀬遙さんと句歴三十年の三輪初子さんを筆頭に、句歴十八年の冨田蘭介さん、蘭介さんに誘われた句歴四年目の冨田あきさん、句歴五年の永野 宙さんと桝井芙佐子さん、句歴三年半の鐵 義正さんとごまめ智乱さん、句歴三年の小笠原典子さん、句歴二年の西郷酒瓶さんの十名。年齢も性別も職業もバラバラのメンバーです。

作った句の中からとっておきの自信作を提出。その場で作る人も？

いよいよ句会がスタート まずは周りの人と挨拶してから俳句を提出します

会場に到着するとまずは挨拶を交わし雑談しつつ、「出句」が始まります。この日は兼題（あらかじめ出されているお題）はなく、当季雑詠、つまりその季節（今回は秋）の句ならば何を詠んでもよく、二句提出する決まりでした。各自句帖を見ながら、短冊に無記名で自分の句を記入し、書き終わった短冊は裏返して提出。

全員が出句し終わったら、今度は「清記」です。無記名で提出された短冊を、清記用紙に全て清書します。同じ筆跡にすることで、誰がどの句を提出したか分からない、実力勝負の世界になるのです。本日の清記を行うのは典子さんと酒瓶さん。ここで字を間違えたり読みにくかったりすると、この後の選句にもかかわってくるので責任重大です。出句された短冊の山を二人で分けて、それぞれが清記用紙に清記していきます。

全員の短冊を正確に書き写す清記。当日は2名で手分けしました。

出句を終えた参加者は少しほっ

としたような表情で、ビールや食べ物を注文して近況報告や俳句の話題など雑談タイム。清記者が丁寧に清記した後に間違っていないか確認すると、清記用紙を人数分コピーして、いよいよ「選句」のスタートです。その前に全員揃って乾杯の音頭となりました。「かんぱーい！」

雑談だって貴重な勉強。俳句についての情報収集もここで行います。

選句が始まると、先ほどまでの和やかな空気が一転、皆さん真面目な表情に。この日は三句選（自分の句以外のいい句を三句選ぶこと）で、特にいいと思う句は特選とします。まずはとにかくいいと思った句をチェックし、その中から三句に絞っていきます。ここで活躍するのが歳時記や電子辞書。わからない季語や言葉、読めない漢字などはその場で調べ、作者がどんな意図で句を作ったのかを読み取ります。選句も大切な俳句の勉強なのです。

まずは「かんぱーい！」からスタートしましたが、俳句に向き合う姿勢は皆さん真剣そのもの。集中する時間と楽しい時間のメリハリがついています。

作者が伝えたいことを想像しながらそれぞれ真剣に句を選びます

選句が終わったら、選句用紙に名前を記入して選んだ句を清記用紙の番号と共に書き写します。ここでも誤字脱字に気をつけて、なるべく丁寧に。

句歴の長い遙さんは皆さんのアドバイス役。赤ペン片手に選句します。

十五分ほどして全員の選句用紙を回収したら「披講(ひこう)」に入ります。自分の選句は自分で読み上げる句会もありますが、ひよこ句会では酒瓶さんが代表して全員分を披講します。

「それでは披講します。西郷酒瓶選。6番、**立ち去らむ人引き留めよ夜半の月**。16番、**合掌の小さき手の先秋茜**。特選は20番、**朝顔のあを存分のひと日かな**」

披講中に聞き逃したら大変。司会役の初子さんも必死に点盛りです。

酒瓶さんが披講すると、各自手元の清記用紙に、選句者の名前と並選か特選かを記入していきます(並選＝1点、特選＝2点、点を入れることを点盛りといいます)。ここで作者が名乗りを上げる句会もありますが、ひよこ句会では最後まで作者は名乗りません。

披講が終わると初子さんが司会

参加者も点盛りをして、計算間違いがないか確かめ合います。

好きな俳人は中村汀女の初子さん（左）と、星野立子の義正さん。

進行役で「選評」に入ります。ひよこ句会では無点句（並選も特選も入らなかった句）から選評していき、作者が名乗りを上げます。

ここからは主な選評をダイジェストでお届けしましょう。

消日や天をくすぐる花芒（はなすすき）　（0点）

「『消日』と『天をくすぐる』が分からなくて、選べなかった人が多かったんじゃないかと思います」と初子さん。作者は智乱さんでした。「消日」は志賀直哉（しがなおや）の『暗夜行路』に出てくる言葉で、「天をくすぐる」はススキが揺れている様子を詠んだそうです。「花芒ってもともと天をくすぐっているような感じだし、違う季語の方がいいんじゃないかしら」（初子さん）。

角川書店『俳句歳時記』第三版愛用の遙さん（左）、五版愛用の典子さん。

露草に嗤（わら）はれてゐるわが勤勉　（0点）

作者は典子さんでした。「露草ってよく見ると舌を出しているように見えるんですよね」という典子さんに、「それなら『わが勤勉』

選評を聞きながら清記用紙にコメントを書き込む、熱心な参加者。

1	2	3	④	5	6	⑦	8	9	10
電灯の紐つぎ足せる良夜かな	懺悔終へ礼拝堂の虫時雨	鳥渡る平成の空見とどけし	十六夜や未完のままのラブレター	消日や天をくすぐる花芒	立ち去らむ人引き留めよ夜半の月	萩の寺訪ねし頃の風の音	名月に導かれたる地獄かな	露草に嗤はれてゐるわが勤勉	一音に足りし会話や秋麗

⑪	12	13	14	15	16	17	18	19	20
きのふへは戻れぬあした初紅葉	コピー機の紙の詰まりや小鳥くる	いつになく擦り寄る猫や台風来	まんまるの微笑仏かな桐一葉	よべの雨ほほづきの紅妖艶に	合掌の小さき手の先秋茜	背中押すぐんぐんと押す野分かな	病人のまぶたの丸く秋うらら	新涼や帆布カバンの斜めがけ	朝顔のあを存分のひと日かな

この日の全出句はこちら。○印は第4章「作った句を見直してみよう」（93ページ～）で寒太先生が推敲しています。

を変えてみたら?」と初子さん。

名月に導かれたる地獄かな　（1点）

「『地獄』という言葉を俳句に入れるのがすごい。どんな地獄なのか興味があって選びました」（典子さん）。作者は酒瓶さんでした。

背中押すぐんぐんと押す野分かな　（4点）

「強い風に背中を押されながらぐんぐん歩いていける気持ちがよく

披講が終わってほっとひと息。お酒を追加する酒瓶さん。

詠み込まれている」（典子さん）他、上五から中七のリズム感に絶賛の声。作者は酒瓶さんでした。遙さんからは「下五は『夕野分』くらいのほうがいい」とアドバイスがありました。

高得点句を選評し 句会はクライマックス よかった句に それぞれが感想を

新涼や帆布カバンの斜めがけ　（4点）

「元気がよくていい」（典子さん）、「自分の少年時代を思い出す」（宙さん）、「『カバン』をカタカナにしたのも合っている」（初子さん）と大絶賛。新涼に帆布カバンというイメージが爽やかです。作者は芙佐子さんでした。

コピー機の紙の詰まりや小鳥くる　（7点）

「コピー機が詰まるとイラッとするけど、そこに『小鳥くる』という対比が心に響いた」（芙佐子さん）、「コピー機の硬さと小鳥の柔らかさの対比がいい」（義正さ

俳句について話す選評の時間は、厳しくも楽しい雰囲気に包まれます。

ん)。「僕は『小鳥くる』がとても効いていると思う。初子さんはどう?」(遙さん)と聞いたところで、作者は初子さんでした。

そして本日の最高得点句は……

時には全員で、もっといい句にするためにアイデアを出し合うことも。「座の文芸」と呼ばれるゆえんです。

朝顔のあを存分のひと日かな　桝井芙佐子(8点)

「朝顔の生命力がすごくよく出ている句」(酒瓶さん)、「『存分のひと日』に参りましたね」(初子さん)、「『存分』という使いにくい言葉をうまく入れている」と絶賛に次ぐ絶賛の一句。「『朝顔のあを』が映像として浮かんできて、『存分のひと日』で一日で花が終わってしまうはかなさに作者が共鳴しているのがすごい。名句ですよ」と遙さんのお墨つきが出たところで、作者は芙佐子さんでした。皆さんの拍手で句会は一度お開きになりました。

句会の楽しさは俳句の面白さそのものという智乱さん(左)は、ユニークな俳句を作るのが得意。

句会が終わって。左から西郷酒瓶さん、ごまめ智乱さん、鐵義正さん、永野宙さん、三輪初子さん、市ノ瀬遙さん、小笠原典子さん、桝井芙佐子さん、冨田あきさん、冨田蘭介さん。

お開きになった後は、お楽しみの二次会です。句会についての感想を交わし、自分の句について意見を聞くなど、さまざまな話題で夜が更けていきました。

この日の高得点句は8点の「朝顔のあを存分のひと日かな」芙佐子さん、7点の「コピー機の紙の詰まりや小鳥くる」初子さん、6点の「合掌の小さき手の先秋茜」あきさん、4点の「背中押すぐんぐんと押す野分かな」酒瓶さん、同じく4点の「新涼や帆布カバンの斜めがけ」芙佐子さんでした。後日、寒太先生に選句していただき、その結果を次回の句会で配布します。

◆◆◆

さて、句会体験はいかがでしたか？ 俳句を人に披露するのは、最初は恥ずかしいと思うかもしれません。しかし、勇気を出して一歩踏み出すことで、新たな俳句の世界が広がるのです。

初めての句会を終えて

初めて参加した句会ですが、想像していたような堅い雰囲気ではなく、皆さんが俳句についての意見や感想などを自由に発言しているのが印象的でした。

編集部が「コピー機の紙の詰まりや小鳥くる」について、コピー機が詰まるとキュルキュルと鳥の鳴き声のような音がすると言ったところ、皆さんが賛同してくれる場面も。

次は自分で句を作って参加してみたいです。

俳句ができたらアクションを起こそう！

せっかく俳句を作ったら、ぜひ人に見せましょう。
思い立ったらすぐにできることをご紹介します。

① 新聞や雑誌に投稿する

朝日、毎日、読売などの全国紙はもちろん、地方紙にもほぼ必ずといっていいほど俳句欄があります。読者から寄せられた俳句を著名俳人などの選者が選んで、寸評などを掲載しています。週刊誌や月刊誌などでも俳句欄を設けている場合があります。

② インターネット句会を利用する

思いついたら気軽に参加できることもあり、結社主催から個人主催のものまで、インターネット上で開かれる句会が注目を集めています。

現代俳句協会のホームページでも、ユーザー登録をすると無料でインターネット句会に参加できます。
https://www.gendaihaiku.gr.jp/

③ 俳句教室に通う

自治体などが主催する俳句教室をはじめ、新聞社やテレビ局などが主催するカルチャースクールでも俳句講座があり、多くの人たちが通っています。このような講座では俳句仲間ができるので直接意見を交わすことができ、時には吟行を行うなど俳句作りの刺激になります。

④ 通信添削を受ける

時間の制約があって俳句教室に通うことができない人は、通信添削講座で実力をつけることができます。通信講座では季語の解説や俳句の鑑賞をメインとする初心者コースから、実作や添削中心の上級者コースまで用意されています。自分のペースで続けられるのが利点です。

俳句仲間を作りたい！ 結社とは

仲間と一緒に俳句を勉強したいなら、結社に入るのも選択肢の一つです。ここでは「結社」とは何か、どんな活動をするのかについてご紹介します。

結社とは何か

新聞や俳句専門誌の俳句欄に投句するようになって、選者を務める俳人の選に入るようになると、その人が主宰する「俳句結社」に関心を持つ方もいると思います。また、カルチャースクールの俳句教室の講師は、俳句結社の主宰や同人であることが多いため、自然とその結社の俳句に対する考え方を学ぶことになります。

ちなみに結社とは、特定の目的や関心を持った人々が集まり、目的実現のために活動している団体をいいます。俳句結社では定期的に句会を開いて研鑽を積み、多くの場合、その成果を会員向けに定期発行している俳句誌に発表しています。

俳句結社は全国に900～1000近くあるといいますから、それだけ多くの数の俳句誌が発行されているということになります。数十人のところから1万人を超える結社まで、その規模はさまざまです。

主宰者をよく調べて所属しよう

俳句を詠んでいた親や友人に勧められて結社主宰の句会に出席し、なんだか楽しそうだったのでそのままその結社の俳句誌を購読するようになったというケースは多いようです。理想をいえば、結社の代表者（主宰）の句集を読み、その作品に魅了され、主宰の師にあたる俳人にまでさかのぼって調べ、納得した上でその結社に所属して指導を受けるのが望ましいでしょう。本書の著者・石寒太が主宰する結社「炎環（えんかん）」は同名の俳誌を毎月出版しています。興味を持った方は以下までアクセスしてみてください。

炎環ホームページ
https://www.enkan.jp

「炎環」2018年12月号の表紙。全国に400名以上の会員がいます。

第八章 もっと俳句を楽しみたい！

基本の俳句が詠めるようになったら、もっと俳句を楽しんでみませんか。話し言葉を使った俳句、五七五にとらわれない自由律俳句などを知ると、俳句の可能性がぐんと広がります。

巻末には名句を使った俳句クイズを収録しました。

楽しみ方一

「句またがり」という変型もあります！

句またがりとは、五七五の切れ目と意味の切れ目が異なること。句またがりによって面白いリズムができ、句に立体感が生まれます。

上五・中七・下五にとらわれない手法

俳句は基本としては五七五の定型に当てはめるのですが、左ページの句のように、五音・七音・五音の三つの音節に収まりきれないものがあります。例えば、③の句は「愛されず」で五音、「して沖遠く」で七音、「泳ぐなり」で五音と、トータルで十七音にはなっています。中七が上五からまたがって「して沖遠く」となりますが、意味を考えると、正しくは「愛されずして」で切れ、五音、七音の間がつながって、またがっていますね。このような技法を「句またがり」といいます。

②も「木の葉ふりやまず」「いそぐな」「いそぐなよ」と、八音・四音・五音という変型になっていますね。でも、リズムとしてはこれでいいのです。上五は長くても「木の葉ふりやまず」まで、一気に読んでしまいます。実際には長いのですが、勢いに乗って読み下すので、リズミカルになっています。

俳句は、「十七字の文芸」とよくいわれるのですが、実は字数が問題ではなくて、読み下ろすリズムが大切なのです。

俳句は散文と違って、意味で伝えるのと同時に、リズムで伝える「韻文（いんぶん）」の世界なのです。ですから、字数を整えるというよりも、全体の音調を整えることの方が大切なのです。

①
「たましひのたとへば秋の」「ほたるかな」
飯田蛇笏（いいだだこつ）

②
「木の葉ふりやまず」「いそぐないそぐなよ」
加藤秋邨（かとうしゅうそん）

③
「愛されずして」「沖遠く泳ぐなり」
藤田湘子（ふじたしょうし）

④
「白髪の乾く早さよ」「小鳥来る」
飯島晴子（いいじまはるこ）

楽しみ方二

カタカナを上手に使いこなそう！

外国の言葉や擬音語など、現代はカタカナ表記があふれています。俳句でもカタカナを使って言葉を強調するなど、意図的に使うことがあります。

意図的に使うと句に味わいが出る

俳句は漢字、ひらがな、カタカナなど、いろいろな文字を混ぜ合わせて表現します。これらを自由に使って表すことの面白さが俳句の一つであり、その特色を生かすことが大切なのです。その中でもカタカナ書きの表現をうまく使いこなすと、最も効果のある俳句になります。カタカナの多い句の特徴は、カタカナの特質によって意味が強調されることにあります。

①の句は、ツクツクボーシが強調され、つくつく法師と書くよりも、とがった音で強く伝わります。②の句は戦艦大和から発信された、電文ような効果を示します。海軍の船からの電文です。「ヨモツヒラサカ」は「黄泉比良坂」（『古事記』）で、あの世とこの世の峠で生死をさまよっている感じです。「スミレサク」の柔らかさと、日本らしさがよく伝わってきますね。③はほとんどがカタカナで「水」一字だけが漢字になっています。若々しさと現代性がよく表現されています。④はカタカナで虫の声が浮き上がってきます。

カタカナで表現する言葉は、原則としては外来語ですが、その効果はいろいろです。先の正岡子規（まさおかしき）の句の法師蝉の擬声語のリズム、川崎展宏（かわさきてんこう）の句の電文方式のような使い方にも、カタカナの表現は効果を上げることができるのです。

①
ツクツクボーシツクツクボーシバカリナリ
正岡子規（まさおかしき）

②
「大和」よりヨモツヒラサカスミレサク
川崎展宏（かわさきてんこう）

③
ラブシーンでハッピーエンドソーダ水
中村苑子（なかむらそのこ）

④
リリリリリチチリリリリチチチリリと虫
原月舟（はらげっしゅう）

楽しみ方三

話し言葉を生かして詠む！

普段話す言葉を使って、俳句を詠んでみましょう。日常の通り過ぎてしまう思いを五七五に閉じ込めることで、かけがえのない句ができます。

飾らない言葉で話しかけるように

俳句は、季節の言葉を入れ、五音・七音・五音の定型に収まってさえいれば、その他は何でも自由といってもいいのです。

少しくらい五音・七音・五音の十七音をはみ出しても、季語がなくても季節感があれば、あとはあなたの詠みたいように詠んでみる、そこから始めてみましょう。時には日常使っている話し言葉を入れてみるのも面白く個性的な俳句になるかもしれません。

①は、この句を文語で書くとなかなかこの味は出ません。鷹女（たかじょ）の持っている不思議な口語の独自の味が出ています。口語は豊富なバリエーションを持ちますが、その魅力がよく出た句です。②は川端茅舎（かわばたぼうしゃ）の、口語を使った珍しい一句です。④は火葬を終えて、白骨になって運ばれてきたおばあさんを見て、作者が感じた「ああ、雪よりも白い骨になったおばあさんよ」という気持ちをそのまま声に出して五七五にした句です。

話し言葉の句はうまくいくと、このように情のこもったいい句になりますが、問題はどんな言葉でもいい、というものではないことです。本当にその人の言葉が肉声で伝わってくることが大切。そこを間違えると、木に竹をついだような、ぎこちない句になってしまいます。

①
みんな夢雪割草が咲いたのね
三橋鷹女（みつはしたかじょ）

②
約束の寒の土筆を煮て下さい
川端茅舎（かわばたぼうしゃ）

③
鶴に逢へたから今日はもう眠ります
上野さち子（うえのさちこ）

④
雪よりも白き骨これおばあさん
成田千空（なりたせんくう）

楽しみ方四

自由律俳句の奔放さを楽しむ

五音・七音・五音というリズムや、季語を入れるといった俳句の約束事から離れ、もっと自由に詠む俳句を自由律俳句といいます。

現代人に受け入れられた山頭火と放哉

俳句は定型の五音・七音・五音の器にきっちりとはまること。これは基本のキですが、これらにはまらずにはみ出した自由律俳句もあります。

もともとは「新傾向俳句」という運動から始まったものです。正岡子規の弟子で高浜虚子と双璧といわれた河東碧梧桐を中心とした俳句で、定型にも季語にもとらわれず、自分の気持ちをもっと自由に解放して詠もうと試みた新しい俳句でした。それをさらに受け継いだのが自由律俳句の流れです。

自由律俳句は荻原井泉水が提唱し、そこから種田山頭火や尾崎放哉などの逸材を生み、さらに住宅顕信などの出現をみました。

中でも山頭火と放哉は、昭和四十年代にヒッピーらの間に広まり、始めは日本人より外国人に親しまれ、逆輸入されて日本全国でブームとなりました。二人とも社会に受け入れられず妻子を捨てて全国を放浪し、自由律の俳句を作りました。旅をしたくてもかなわず、家庭や社会、仕事に縛られている現代人が郷愁と憧れを抱いて彼らにその夢を託したのは、当然といえるでしょう。

①
うしろすがたのしぐれてゆくか
種田山頭火（たねださんとうか）

②
分け入っても分け入っても青い山
種田山頭火

③
咳をしても一人
尾崎放哉（おざきほうさい）

④
入れものがない両手で受ける
尾崎放哉

種田山頭火
旧小林写真館本店 小林銀汀 撮影

尾崎放哉（右）
鳥取県立図書館蔵

自由律俳句には短律(たんりつ)と長律(ちょうりつ)があります。短律は定型の五音・七音・五音より短いリズム。最も短い自由律俳句には左のような句があります。

陽へ病む

大橋裸木(おおはしらぼく)

長律は五音・七音・五音より長いリズムで、最も長いものには、

地べたの落ちばはがして年がおしつまってゐる

大橋裸木

などがあります。これらがやがて字余り、字足らずなどの「破調(はちょう)」を生んでいくことにもつながります。長律はより「精神的解放」に、短律は「捨てる」という徹底した凝縮に結晶していきます。
さて、その後の自由律の新進俳人たちは、単なる自然主義に飽き足らず、生活派や心境探求派といった個性がより屹立(きつりつ)した俳人たちを生み、

シャツ雑草にぶつかけておく

栗林一石路(くりばやしいっせきろ)

銭湯で嬰もまた資本主義社会に育ちけり

橋本夢道(はしもとむどう)

春風の重い扉だ

住宅顕信

など、幅広い句を詠む冒険的な自由律作家の登場ともなっていくのです。

自由律俳人たちは、俳句の形に、またその生き方そのものにもそれぞれが自由で、定型にこだわらず生涯も非定型だったところにその特色がありました。

が、やがて世の中が落ち着きをみせ、人々も次第に生活に安定を求めるようになると、一時的に流行をみたかに見えた自由律運動も、いつしか衰えが見え始め、やがて元のオーソドックスな伝統派の有季定型（季語を入れ、五音・七音・五音の形を整えた俳句）に戻るようになっていったのです。

しかし、それも自由律や口語俳句のような、時代の先端を走る前衛的な俳句があったからこそ、再び有季定型の美に気づかされた、と言ってもいいかもしれません。

いつの時代も、この伝統と前衛の流れの繰り返しがあってこそ、一歩ずつ前進していくのです。

俳句名人に挑戦!

クイズで名句を覚えよう〈初級編〉

俳句を鑑賞することは、俳句を学ぶことにつながります。
下記の季語または言葉を空欄に入れて、名句を完成させてみませんか？

やり方

それぞれの俳句の空欄にふさわしい季語（言葉）を選んで、名句を完成させましょう。
解答は158ページ参照。

問1

□□□ひねもすのたりのたりかな　与謝蕪村（よさぶそん）

あらうみや佐渡に横たふ□□□　松尾芭蕉（まつおばしょう）

□□□そこのけそこのけお馬が通る　小林一茶（こばやしいっさ）

ヒント・季語3字5音

下記からチョイス!

1 天の川（あまのかわ）
2 春の海（はるのうみ）
3 雀の子（すずめのこ）

問2

コスモスの押しよせてゐる□□　清崎敏郎（きよさきとしお）

方丈の□□より春の蝶　高野素十（たかのすじゅう）

かろき子は月にあづけむ□□　石寒太（いしかんた）

ヒント・言葉2字5音

下記からチョイス!

1 厨口（くりやぐち）
2 大庇（おおひさし）
3 肩車（かたぐるま）

問3

暗黒や関東□□に火事一つ　金子兜太

うたかたの□□の恋や八月尽　吉屋信子

満開のさつき□□に照るごとし　杉田久女

ヒント・言葉2字3音

下記からチョイス!

1 平野

2 水面

3 海辺

問4

遺品あり岩波□□「阿部一族」　鈴木六林男

父の日の隠さうべしや古□□　秋元不死男

水遊びする子に先生から□□　田中裕明

ヒント・言葉2字3音

下記からチョイス!

1 日記

2 手紙

3 文庫

問5

赤とんぼじっとしたまま□□どうする　風天

ロンロンと□□鳴るなり夏館　松本たかし

永き日や□□うつして別れ行く　夏目漱石

ヒント・言葉2字3音

下記からチョイス!

1 欠伸

2 明日

3 時計

俳句名人に挑戦! 〈中級編〉

問6

□□百二百三百門一つ　阿波野青畝(あわのせいほ)

約束の寒の□□を煮て下さい　川端茅舎(かわばたぼうしゃ)

道のべの□□は馬にくはれけり　松尾芭蕉(まつおばしょう)

ヒント ・季語2字3音

下記からチョイス!

1 木槿(もくげ)
2 土筆(つくし)
3 牡丹(ぼたん)

問7

□□おのれもペンキぬりたてか　芥川龍之介(あくたがわりゅうのすけ)

かよひ路のわが橋いくつ□□　黒田杏子(くろだきょうこ)

尾道の花はさまでも□□　後藤夜半(ごとうやはん)

ヒント ・季語2字5音

下記からチョイス!

1 桜鯛(さくらだい)
2 青蛙(あおがえる)
3 都鳥(みやこどり)

問8

□□来何色と問ふ黄と答ふ　高浜虚子(たかはまきょし)

□□や何処までゆかば人に逢はむ　臼田亜浪(うすだあろう)

□□の死にどころなく歩きけり　村上鬼城(むらかみきじょう)

ヒント ・季語2字4音

下記からチョイス!

1 郭公(かっこう)
2 冬蜂(ふゆばち)
3 初蝶(はつちょう)

問9

みちのくの□□の郡の春田かな　富安風生

かたつむり□□も信濃も雨の中　飯田龍太

晩稲刈る最中も睡り□□の國　石寒太

ヒント・地名2字2音

下記からチョイス!

1 甲斐
2 加賀
3 伊達

問10

□□や命みごとに抜けゐたり　片山由美子

□□の冷たき脚を思ふべし　長谷川櫂

□□やいろはにほへとちりぢりに　久保田万太郎

ヒント・季語2字4音

下記からチョイス!

1 空蝉
2 竹馬
3 邯鄲

問11

□□に汽罐車の車輪来て止る　山口誓子

□□より僧ひとり乗り岐阜羽島　森澄雄

□□の匂いの洋書買いにけり　神野紗希

ヒント・季語2字4音

下記からチョイス!

1 夕立
2 夏草
3 炎天

問12

□□□□□咲くかしら咲くかしら水をやる　正木ゆう子

銀河系のとある酒場の□□□□□　橋閒石

幸福といふ不幸あり□□□□□　石寒太

ヒント・季語5字5音

下記からチョイス！

1 ヒヤシンス
2 ヂギタリス
3 サイネリア

問13

□へゆく階段のなし稲の花　田中裕明

愛されずして□遠く泳ぐなり　藤田湘子

しんしんと肺碧きまで□のたび　篠原鳳作

ヒント・言葉1字2音

下記からチョイス！

1 空（そら）
2 海（うみ）
3 沖（おき）

問14

ヒロシマの□□□が咲きにけり　西嶋あさ子

一村は□□□に眠るなり　星野立子

見えそうな□□□の香なりけり　津川絵理子

ヒント・季語3字6音

下記からチョイス！

1 金木犀（きんもくせい）
2 杏の花（あんずのはな）
3 夾竹桃（きょうちくとう）

問15

蟇ないて唐招提寺□いづこ　水原秋桜子（みずはらしゅうおうし）

□の航一大紺円盤の中　中村草田男（なかむらくさたお）

算術の少年しのび泣けり□　西東三鬼（さいとうさんき）

ヒント ・季語1字2音

下記からチョイス!

1 春（はる）

2 夏（なつ）

3 秋（あき）

問16

□□やあはれ舞妓の背の高き　飯島晴子（いいじまはるこ）

□□やびりりびりりと真夜の玻璃　加藤楸邨（かとうしゅうそん）

□□や模様のちがふ皿二つ　原石鼎（はらせきてい）

ヒント ・季語2字4音

下記からチョイス!

1 寒雷（かんらい）

2 寒晴（かんばれ）

3 秋風（あきかぜ）

問17

□□や百たび訪はば母死なむ　永田耕衣（ながたこうい）

□□や鉄道唱歌しまひまで　伊藤伊那男（いとういなお）

□□や死んでゆく日も帯締めて　三橋鷹女（みつはしたかじょ）

ヒント ・季語2字4音

下記からチョイス!

1 葉桜（はざくら）

2 朝顔（あさがお）

3 白露（しらつゆ）

問18

百年は死者にみじかし□□□　藺草慶子

死ぬときは箸置くやうに□□□　小川軽舟

わが行けば露とびかかる□□□　橋本多佳子

ヒント・季語3字5音

下記からチョイス!

1 葛の花
2 草の花
3 柿の花

問19

新宿ははるかなる墓碑□□□　福永耕二

車にも仰臥という死□□□　高野ムツオ

□□□もはや戦前かも知れぬ　攝津幸彦

ヒント・季語3字5音

下記からチョイス!

1 鳥渡る
2 蝉時雨
3 春の月

問20

□□の明るさ踏んで小松原　鷲谷七菜子

□□を奇麗な風の吹くことよ　正岡子規

いきいきと□□生まる雲の奥　飯田龍太

ヒント・季語2字4音

下記からチョイス!

1 三月
2 六月
3 十月

問21

□□□や人体にある尾の名残　辻美奈子
□□□や落葉をいそぐ牧の木々　水原秋桜子
□□□やひとつ机に兄いもと　安住敦

ヒント・季語3字4音

下記からチョイス!

1 亀鳴く
2 雁鳴く
3 啄木鳥

問22

□□や碁盤の上の置手紙　井上井月
□□や一途といふは美しく　鈴木真砂女
□□やわが三十の袖袂　石田波郷

ヒント・季語2字4音

下記からチョイス!

1 夏帯
2 春風
3 初蝶

問23

ひだまりを□□がすり抜けてゆく　鴇田智哉
□□を脱ぐや蒼茫たる夜空　加藤楸邨
□□の裏は緋なりき明治の雪　山口青邨

ヒント・季語2字4音

下記からチョイス!

1 外套
2 冬帽
3 手袋

クイズで名句を覚えよう〈解答〉

問1

春の海 ひねもすのたりのたりかな　蕪村
あらうみや佐渡に横たふ **天の川**　芭蕉
雀の子 そこのけそこのけお馬が通る　一茶

江戸時代を代表する三俳人。芭蕉には「古池や蛙飛びこむ水の音」「夏草や兵どもが夢の跡」など耳になじんだ句がたくさんあります。蕪村は画家としても知られています。代表句は「月天心貧しき町を通りけり」「さみだれや大河を前に家二軒」など。一茶は北信濃柏原の人。代表句に「これがまあ終のすみかか雪五尺」「名月をとってくれろと泣く子かな」などがあります。

問2

コスモスの押しよせてゐる**厨口**　敏郎
方丈の**大庇**より春の蝶　素十
かろき子は月にあづけむ**肩車**　寒太

敏郎は富安風生に師事。楠本憲吉らと慶大俳句会を設立。虚子に従い客観写生・花鳥諷詠の句風を貫きました。素十は水原秋桜子・阿波野青畝・山口誓子と共に「ホトトギスの４Ｓ」と称されました。代表句に「甘草の芽のとびとびのひとならび」、「空をゆく一かたまりの花吹雪」などがあります。本書の著者・寒太の句は小学校の教科書にも載っている代表句です。

問3

暗黒や関東**平野**に火事一つ　兜太
うたかたの**海辺**の恋や八月尽　信子
満開のさつき**水面**に照るごとし　久女

兜太は「海程」主宰。戦後、社会性俳句運動で理論活動、実践活動に生涯を捧げました。一茶、山頭火の研究でも知られ、「水脈の果て炎天の墓碑置きて去る」「湾曲し火傷し爆心地のマラソン」などの句があります。信子は大正～昭和に活躍した小説家。久女は虚子に師事。代表句に「足袋つぐやノラともならず教師妻」「谺して山ほととぎすほしいまゝ」などがあります。

問4

遺品あり岩波**文庫**「阿部一族」　六林男
父の日の隠さうべしや古**日記**　不死男
水遊びする子に先生から**手紙**　裕明

六林男は永田耕衣・西東三鬼などに師事し、新興俳句運動に参加した俳人です。不死男も同じく新興俳句運動に参加し、治安維持法違反の名目による俳句弾圧事件で逮捕され獄中生活を送りました。田中裕明は波多野爽波に師事、平易な言葉を用いながら感性豊かなみずみずしい作品を数多く残しました。「みづうみの港のなつのみじかけれ」などがあります。

問5

赤とんぼじっとしたまま**明日**どうする　風天
ロンロンと**時計**鳴るなり夏館　たかし
永き日や**欠伸**うつして別れ行く　漱石

風天は渥美清の俳名で、風貌・芸風そのものの句を詠みました。代表句に「お遍路が一列で行く虹の中」があります。たかしは能楽師の家に生まれ自身も能楽を志すも病のため断念、虚子に師事しました。代表句に「チゝポゝと鼓打たうよ花月夜」があります。漱石は正岡子規に俳句を学び、独自の句境を開きました。「菫ほどな小さき人に生まれたし」などの句があります。

問6

牡丹百二百三百門一つ　青畝
約束の寒の**土筆**を煮て下さい　茅舎
道のべの**木槿**は馬にくはれけり　芭蕉

青畝は前述の素十などと共に「ホトトギスの４Ｓ」といわれました。代表句に「葛城の山懐に寝釈迦かな」「さみだれやあまだればかり浮御堂」があります。茅舎は画家を志しながら病のため断念、虚子に師事して写生に徹した句を作りました。代表句に「金剛の露ひとつぶや石の上」「ぜんまいののの字ばかりの寂光土」などがあります。

問7

青蛙おのれもペンキぬりたてか　龍之介
かよひ路のわが橋いくつ**都鳥**　杏子
尾道の花はさまでも**桜鯛**　夜半

龍之介には他に「木がらしや目刺にのこる海のいろ」「元日や手を洗ひをる夕ごころ」などの句があります。杏子は山口青邨に師事。代表句に「白葱のひかりの棒をいま刻む」「一の橋二の橋ほたるふぶきけり」などがあります。夜半は高浜虚子に師事。「滝の上に水現れて落ちにけり」「底紅の咲く隣にもまなむすめ」などがあります。

問8

初蝶来何色と問ふ黄と答ふ　虚子
郭公や何処までゆかば人に逢はむ　亜浪
冬蜂の死にどころなく歩きけり　鬼城

虚子は同郷の正岡子規に兄事し、雑誌『ホトトギス』の理念となる「客観写生」、のちに「花鳥諷詠」を提唱し、多くの優れた俳人を育てました。亜浪は芭蕉を崇敬し、自然の中にこそ真の俳句があると唱えました。鬼城は初め子規、虚子に師事し、大半を群馬県高崎で過ごしました。耳が不自由で自らも不遇であったため、病苦や人生の悲しみを詠んだ句が多くあります。

問9

みちのくの**伊達**の郡の春田かな　風生
かたつむり**甲斐**も信濃も雨の中　龍太
晩稲刈る最中も睡り**加賀**の國　寒太

風生は高浜虚子を指導者とした東大俳句会の発足メンバー。問題の句の他に「よろこべばしきりに落つる木の実かな」「まさをなる空よりしだれざくらかな」があります。龍太は山梨県境川出身、飯田蛇笏の四男。代表句に「春すでに高嶺未婚のつばくらめ」「一月の川一月の谷の中」「大寒の一戸もかくれなき故郷」などがあります。

問10

空蝉や命みごとに抜けゐたり　由美子
邯鄲の冷たき脚を思ふべし　櫂
竹馬やいろはにほへとちりぢりに　万太郎

「空蝉」は蝉の抜け殻のこと。人の命のはかなさや世の無常感に例えられることもあります。「邯鄲」は中国の故事「邯鄲の夢」から名付けられた虫の名前。「竹馬」は昔懐かしい子どもの遊び。由美子には「まだもののかたちに雪の積もりをり」、櫂には「春の水とは濡れてゐる水のこと」、万太郎には「湯豆腐やいのちのはてのうすあかり」という代表句があります。

問11

夏草に汽罐車の車輪来て止る　誓子
炎天より僧ひとり乗り岐阜羽島　澄雄
夕立の匂いの洋書買いにけり　紗希

誓子は前述の４Ｓの一人です。高浜虚子の「ホトトギス」を離脱後、都会的なものを題材とした即物的な句風を打ち立てました。「炎天の遠き帆やこころの帆」など。澄雄は加藤楸邨門下。「除夜の妻白鳥のごと湯浴みをり」など。紗希は俳句甲子園で「カンバスの余白八月十五日」が最優秀句に選ばれました。他に「起立礼着席青葉風過ぎた」などがあります。

問12

サイネリア咲くかしら咲くかしら水をやる　ゆう子
銀河系のとある酒場の**ヒヤシンス**　閒石
幸福といふ不幸あり**ヂギタリス**　寒太

まず、どんな花なのか知らないと答えにくい問題ですが、閒石句と寒太句は取り合わせを味わう句です。ヂギタリスは葉が強心作用を持ち、有毒というところがヒント。サイネリアは原産地のカナリア諸島では「シネラリア」、これが「死ね」に通じることから言い換えられました。酒場のカウンターに似合うのはヒヤシンスのようです。

空へゆく階段のなし稲の花　裕明
愛されずして**沖**遠く泳ぐなり　湘子
しんしんと肺碧きまで**海**のたび　鳳作

裕明は角川俳句賞を当時最年少で受賞しました。俳句の伝統を踏まえながら、平易な言葉でみずみずしく独自の世界を展開した俳人ですが、病を得て早世したことが惜しまれます。鳳作の句は季語はありませんが、季感よりも碧一色に染まったすがすがしい世界を味わいたい句です。湘子は水原秋桜子に師事。「あめんぼと雨とあめんぼと雨と」など。

ヒロシマの**夾竹桃**が咲きにけり　あさ子
一村は**杏の花**に眠るなり　立子
見えそうな**金木犀**の香なりけり　絵理子

カタカナ書きの「ヒロシマ」は、被爆の地としての広島を詠むときに用いられ、しばしば「夾竹桃」が取り合わせられます。立子は高浜虚子の次女で昭和の同時期に活躍した中村汀女・橋本多佳子・三橋鷹女と共に４Tと称されました。絵理子は活躍中の俳人。第一句集『和音』で俳人協会新人賞を受賞、第二句集『はじまりの樹』でも複数受賞しました。

蟇ないて唐招提寺**春**いづこ　秋桜子
秋の航一大紺円盤の中　草田男
算術の少年しのび泣けり**夏**　三鬼

感覚を研ぎ澄ませて季節を感じ取りたい3句。言葉を入れ替えて声に出して句を味わってみると正解が導かれることがあります。草田男句は「秋の航」でいったん切れますが、その後の13音はいわゆる「句またがり」で一気に読みます。三鬼の句は「俳句はこんな詠み方もできるのか」と思わせてくれる変調のリズムの代表句です。

寒晴やあはれ舞妓の背の高き　晴子
寒雷やびりりびりりと真夜の玻璃　楸邨
秋風や模様のちがふ皿二つ　石鼎

いずれも「〇〇や」で始まる、いわゆる「取り合わせ」の句。原石鼎のこの句は取り合わせの代表句として紹介されることが多く、俳句の面白さを味わうためには忘れられない句です。「寒晴」と「寒雷」は正反対の季語なので、入れ替えは不可能です。楸邨は草田男・波郷と共に「人間探求派」と呼ばれました。晴子は「泉の底に一本の匙夏了る」などの句があります。

朝顔や百たび訪はば母死なむ　耕衣
葉桜や鉄道唱歌しまひまで　伊那男
白露や死んでゆく日も帯締めて　鷹女

「朝顔」は夏の季語と思われがちですが俳句では秋。桜は花が散り始めるころからみずみずしい若葉が芽生え始めます。子どもたちが元気よく鉄道唱歌を歌っている景が浮かびます。鷹女は昭和期の女性俳人４Tの一人。「鞦韆は漕ぐべし愛は奪うべし」という激しい情念を詠んだ句が有名です。耕衣には「夢の世に葱を作りて寂しさよ」など。伊那男は「銀漢」主宰。

百年は死者にみじかし**柿の花**　慶子
死ぬときは箸置くやうに**草の花**　軽舟
わが行けば露とびかかる**葛の花**　多佳子

「柿の花」は梅雨のころ、葉の根元に目立たない黄色味を帯びた白花を付けます。「草の花」は傍題に「千草の花」がある通り、名の知られていない野生の花。「葛の花」は秋の七草の一つ。多佳子の代表句は「いなびかり北よりすれば北を見る」など。軽舟は湘子に師事。「鷹」主宰。慶子は青邨に師事。「星の木」同人。

新宿ははるかなる墓碑**鳥渡る**　耕二
車にも仰臥という死**春の月**　ムツオ
蝉時雨もはや戦前かも知れぬ　幸彦

秋になって、大陸から木の実や草の実を求めて小鳥が渡って来ることを「鳥渡る」といいます。「時雨」は急にはらはらと雨が降り出し、すぐやんで晴れる初冬の季語ですが、「蝉時雨」は蝉が一斉に鳴く声を時雨の音に例えた夏の季語。高野ムツオの句は3・11の津波が去った後の惨状を詠んでいます。

十月の明るさ踏んで小松原　七菜子
六月を奇麗な風の吹くことよ　子規
いきいきと**三月**生まる雲の奥　龍太

それぞれの月に対する読み手の感性に委ねられる問題です。「明るさ」を感じるのは何月かという辺りが手掛かり。子規は近代文学史に足跡を残した歌人・俳人。いわゆる連句の初めの一句（発句）を「俳句」として独立したものとしました。「鶏頭の十四五本もありぬべし」など。七菜子は秋桜子、山口草堂に師事。「斑雪山家一戸に来るはがき」など。

亀鳴くや人体にある尾の名残　美奈子
啄木鳥や落葉をいそぐ牧の木々　秋桜子
雁鳴くやひとつ机に兄いもと　敦

「亀鳴く」は俳句独特の想像上の季語。春の夕べにどこからともなく聞こえてくる声や音を、本来は鳴かないはずの亀が鳴く声ととらえました。「雁鳴く」は遠方や懐かしい人への思慕の情を本意としています。敦の代表句には「しぐるるや駅に西口東口」などがあります。美奈子は「沖」同人。「春灯やをとこが困るときの眉」など。

春風や碁盤の上の置手紙　井月
夏帯や一途といふは美しく　真砂女
初蝶やわが三十の袖袂　波郷

「春風」と「初蝶」が迷うところです。井月は19世紀中葉から後期にかけての放浪、漂泊の俳人ですが、古さは感じられません。波郷句は初期の青春性あふれる叙情句。「三十」が感じられるのは「春風」か「初蝶」か。波郷は「バスを待ち大路の春をうたがはず」など、真砂女は「戒名は真砂女でよろし紫木蓮」、井月は「降るとまで人には見せて花曇」の句があります。

ひだまりを**手袋**がすり抜けてゆく　智哉
冬帽を脱ぐや蒼茫たる夜空　楸邨
外套の裏は緋なりき明治の雪　青邨

「手袋」「冬帽」「外套」はいずれも冬の季語。季感だけで読み解こうとすると難しいかもしれません。気鋭の若手である智哉の句を、楸邨や青邨という昭和の両巨匠の句と比較しながら、時代の雰囲気の差を味わってください。智哉は2015年に季刊同人誌『オルガン』を創刊。同年、第二句集『凧と円柱』で第6回田中裕明賞を受賞しています。

あとがきに代えて

この本は、あなたの俳句作りに合わせて、どこから読んでも興味深く読み進むことができるよう、編集・構成されています。

この本を読み終わったら、きっとあなたは、もう俳句のとりこになっているでしょう。俳句の魅力は深く広い。始めたら継続することです。俳句は、そんな言葉の力を備えています。作り始めたら、一人で悩んでいないで、仲間の輪に入って、共に楽しみましょう。俳句は、そんな座（環）をエンジョイする文学なのです。きっとあなたを待っている人々がいっぱい集まっ